東京ゼロ地裁

執行 1

小倉日向

双葉文庫

目次

執行　1　東京ゼロ地裁

本作品は、書き下ろしです。

第一章　地下に集う者たち

1

「オマエ、ブスのくせに泣いてんじゃねーよ」

口汚い罵倒が、言葉の中身以上に不愉快なのは、北野倫華の声質のせいもあったろう。年上や男に媚びるときは、女の子っぽい甘えた発声ゆえ好感を持たれるのだが、こういう場面では金属音みたいに、耳にキンキンと響くのだ。

おそらく、本人以外のその場にいた面々は、同じ感想を抱いたはず。けれど、誰も倫華にそんな指摘はしないし、逆らう者も皆無だ。みんな従順な家来のごとく、付き従っていたのだから。

そのため、複数の同級生に囲まれ、怯えて涙をこぼす柳瀬佳帆にも、同情の目を向けることはない。彼女以外は四人で、多勢に無勢というほどの圧倒的な差ではなくても、まだ十七歳の少女に太刀打ちできるはずがなかった。

まして気が弱く、誰に対しても強く出られない佳帆は、ひたすら恐怖におののくばかりだった。

ここは彼女たちが通う高校からほど近い河川敷である。橋の下で、ひと目につきにくい。仮に誰かが通りかかったとしても、制服姿の女子高生たちが群れて遊んでいると思うだろう。泣いている佳帆を見られないよう、しっかりガードしていたから。

「あのさ、泣いて許されるのは、カワイイ女だけなんだよ。ブスは泣いても醜さが増すだけだし、正直不愉快なんだけど」

倫華の敵意に晒される佳帆は、何かしでかしたわけではない。クラスでも目立たず、友人も少ない。同じ趣味の数人と交流がある程度だ。

それこそ、いつも集団の中心にいて、他校の生徒とも付き合いのある倫華とは、真逆の存在であった。

「そういうブスがオトコとイチャイチャしてるだけで、周囲はイヤな気分になるんだよ。わかってんの!?」

「わたし、イチャイチャなんて……」

佳帆がつぶやく。俯いていたし、その反論は誰の耳にも届かなかった。

しかし、それはむしろ幸運であったろう。もしも倫華に聞かれようものなら、反抗するんじゃないと、さらなる怒りを買ったであろうから。

とは言え、このままでも充分すぎるほど酷い目に遭う運命にあることを、気の毒な少女はまだ知らない。

つい先週のこと、佳帆は休日に従兄と会っていた。母の姉の息子で、三つ上の大学生。

伯母夫婦とは、家が隣の区ということもあり、交流は頻繁であった。幼い頃は、従兄と本当のきょうだいみたいに育てられた。

親戚の贔屓目で見ても、従兄は顔もスタイルもいい。佳帆もかっこいいと思っていたし、それこそ幼い頃は、

『おにいちゃんとけっこんする』

なんて恥ずかしい台詞も口にしていたそうだ。

小学校にあがって、それぞれの生活が中心になると、子供同士は以前ほどには会わなくなった。けれど、母と伯母はしょっちゅう連絡を取っていたし、ふたつ

の家族で食事会を開くことも、二ヶ月に一度ぐらいはあった。

見た目だけでなく、性格も二重丸の従兄は、佳帆の自慢であった。けれど、昔あった幼稚な恋愛感情は、今はまったくない。あくまでも身内であり、彼に可愛いガールフレンドがいることも知っている。

休日のその日も、従兄がガールフレンドの誕生日にプレゼントを贈りたいというので、買い物に付き合ったのだ。

気が置けない間柄であり、傍目には仲睦まじいように映ったのかもしれない。少なくとも、倫華にチクったこの中の誰かは、ふたりが付き合っていると思い込んだようだ。それも、かなり親密な関係であると。

それが我が儘な美少女の癪に障ったらしい。

倫華は類い稀な美貌を鼻にかけ、ちやほやされることを最大限に利用して我を通し、何でも思いどおりにしてきた。本人のみならず、周囲も荷担してつくりあげられた無敵艦隊。十七歳にして女王であり、絶対的な支配者であった。

要は、何事も自分が一番でなくては気が済まないのである。

ＳＮＳという自己愛を肥大化させるツールを用いて信奉者を集め、称賛の言葉を欲する彼女は、ナルシシズムの固まりと言っていい。それゆえ他者に厳しく、己の美的感覚からはずれる存在を忌み嫌う。そんなやつが幸せを手中にすることなど、絶対に許さなかった。何らかの害を与えられるわけでもないのに。

かくして、「気に食わない」相手には身勝手な理由づけで攻撃し、徹底的に甚振る。そうすることで己の「力」を確認し、悦に入るのである。

佳帆は不運にも、倫華のターゲットにされてしまったのだ。

「で、そのオトコとはどこまでヤッたの？」

いやらしいことをしていると、最初から決めつける問いかけに、佳帆は吐き気を覚えた。このひとは普段から、男女が一緒にいるところを見るにつけ、そういう想像をするのだろうか。

恐怖がピークを過ぎると、代わって反発心がふくれあがる。さりとて、感情のままに言い返したら、どんな反撃を喰らうかわからない。佳帆にできる精一杯の抵抗は、「何も答えない」ことだった。

しかしながら、その選択は事態を好転させなかった。

「ああ、そう。言えないようなコトをヤッてんだ」

品のない決めつけをした倫華の眉が、ピクピクと引きつる。彼女が怒りに駆られているのを上目づかいで確認して、佳帆はまずいことになったと悟った。

だからと言って、あれは従兄で、買い物に付き合っただけだなんて弁明はしたくない。ふたりのこれまでを穢（けが）される気がしたし、こんなやつに負けたくないという思いもあった。

「だったら、実際にここでヤッてもらおうか」

倫華がそう言ったのと、

「おー、ここか」

男の声が聞こえたのは、ほぼ同時だった。

現れたのは、他校の制服を着た男子。おそらく同い年であろう。刈りあげた短髪を金色に染め、制服もだらしなく着崩しているところに、素行の悪さが如実（にょじつ）に表れている。

「こいつ、カツヤっていうの。あたしと同じ中学の出身。ユウは会ったことあるよね」

少年を周囲に紹介してから、倫華がほくそ笑む。

「あんたには、カツヤとヤッてもらうから」

倫華の宣告に、佳帆は蒼（あお）ざめた。絶望が全身を震えさせる。取り巻きの少女たちも顔を見合わせたから、事前にそこまで聞かされていなかったのか。

「なに、オンナを紹介してくれるって、そういうコト？」

カツヤがあきれた面差しを浮かべた。

「そうよ。このブスをオカしてちょうだい。今ここで」

卑猥なコミックでしかあり得ないような無茶振りを、倫華は平然と口にした。

「言うほどブスじゃねえじゃん」

ブツブツこぼしながらも、カツヤはその気になったらしい。さっそくズボンのベルトに手をかけた。本当にするつもりなのか。倫華の信奉者である少女たちもいるというのに。

「い、イヤ……」

熱い涙がとめどなく溢れる。からだが痺れて力が入らなくなり、佳帆はその場に坐り込んだ。

「あの男とヤッて、とっくにマクは破れてるんだろ。オマエみたいなブスが、複数のオトコとヤレるなんてラッキーじゃん」

倫華が小気味よさげに侮蔑する。ガタガタと震えだした佳帆に、ますます嗜虐心を煽られたようだ。

「イヤです。ご、ごめんなさい。お願いだから、やめてください」

もはやなりふり構っていられない。佳帆は屈辱にまみれつつも、両手をついて頭をさげた。こんなところで、会ったばかりの男に初めてを奪われたくなかった。いや、仮に好きな男が相手でもご免だ。

「だったら、自分でヤリなよ」

倫華が口にしたのは、観念した少女を極限まで貶める命令であった。

「ここでオナニーしろっての。最後までちゃんとできたら許してやるから」

唇の端に悪辣な笑みを浮かべての交換条件。取り巻きの少女たちの表情にも、戸惑いが浮かんだ。

「どうすんの？　オナニーするのか、カツヤとハメるのか、どっち!?」

強い口調の脅しに、佳帆は頭の中が真っ白になった。こんな理不尽なことに従う謂れはないはずなのに、逃れるためには選ぶしかないのか。完全に追い詰められていた。

「……自分でしたら、許してもらえるんですか？」

涙声で問いかけると、「もちろん」と即答される。

「ほら、さっさと始めな」

冷たい声で命じた倫華が、スマホを取り出す。レンズをこちらに向けたから、撮影するつもりなのだ。

そうとわかっても、佳帆にはもはや残された道はなかった。

(言うとおりにすれば終わるんだから……)

のろのろと体育坐りになり、スカートの内側に手を入れる。

「ちゃんとパンツが見えるようにしろよ」

辱めの指示にも従ったのは、こんなことを早く終わらせたかったからだ。

浴室やトイレ以外で、自分のそこに触れたことはある。快感を得るためというより、ぼんやりといい感じになって気持ちが落ち着いたし、眠る前のちょっとした習慣みたいなものだった。

だが、こんな場所で、他人に見られている状況で、普段どおりの快さを得られるはずがない。

「ちゃんとイクまでだからな。制限時間は三分」

勝手に条件をつける倫華は、仲間にも促して撮影させた。

せめて顔が映らないようにと、佳帆はずっと俯いていた。感じているフリを装い、息をはずませながら。そうすれば許されると、淡い期待に縋ったのに、

「はい、時間切れー」

どこか浮かれた口調で倫華が告げる。こうなると、最初からわかりきっていたかのように。

「イケなかったから、ハメてもらうよ。カツヤ、ヤッちゃって」

「お、おう」

声をかけられた少年は、いつの間にか顔つきが変わっていた。煽情的な見世物に昂り、欲望を募らせていたらしい。

カツヤが無造作にズボンを脱ぎおろす。内側のブリーフもまとめて。

佳帆は目を瞠った。裸の股間にそそり立つ、禍々しい器官を目撃したのだ。それは肉体ばかりか魂まで貫きそうに邪悪な、肉色の槍であった。

「きゃあああああっ！」

悲鳴も川の流れと、橋の上を行き来する車のエンジン音にかき消される。押し倒され、少年の生臭い息と体臭を嗅いだところで、佳帆は意識を失った——。


（ああ、たまんねえ）

恐怖に見開かれた目が、絶望の色に染められる。犯されるのを避けられないと悟ったときの女の顔を思い浮かべるだけで、杉森和也は総身の震える心地がした。股間の分身も、同意しますとばかりに猛々(たけだけ)しく脈打つ。

ペニスを挿入し、射精すれば快感は得られる。しかし、それだけならオナニーと変わらない。本当の昂りと悦(よろこ)びを獲得するには、代え難いエッセンスが必要なのだ。

よって、相思相愛の女と交わっても、何も面白くはない。拒(こば)む相手の自由を奪い、嫌がる顔を見ながら挿入し、犯しまくってオルガスムスに至ることで、この上ない快楽にひたることが可能となる。

毎日のようにそんな妄想を愉(たの)しむ和也は、一度も女性を抱いたことがない。そればかりか、十九のこの年まで、異性と交際した経験も皆無だ。つまり童貞なのである。

にもかかわらず、陵辱(りょうじょく)こそ最高のセックスであると信じてやまないのはなぜなのか。彼自身も、はっきりした理由なり原因なりを突き止めているわけではない。自然とそうなっていたとしか言いようがなかった。

いちおう、きっかけらしきものは無きにしも非(あら)ず。中学校に入る前、近くのゴミ置き場に捨てられてあった成年向けの雑誌を手に入れ、年頃らしい興味関心に抗(あらが)えず読み耽(ふけ)った。

その中にレイプや輪姦を扱ったものがあったのだ。

とは言え、それらはあくまでも一部である。そして、他のものよりも和也が心を奪われ、大いに昂奮したのは、もともと彼の中にそういう趣味嗜好が根づいていたと見るべきだろう。

好きな子をいじめたくなるのは、少年期にありがちな心理だ。和也の場合もそうだったが、関心を惹くためにいじめたのではない。いじめる行為そのものが愉しく、その子が涙を流そうものなら、いっそう甘美な昂りを覚えた。

自分はもともと、そういう人間だったのだ。十代の半ばで結論に達し、和也はむしろ安堵した。

女を犯したくなるのは自然なことだし、そもそも女は犯されるために存在するのである。自分はこれでいいのだと開き直った。

見てくれが悪いわけではないのに、彼が異性と親しく接する機会がなかったのは、女性の人格を認めない歪んだ性質を見抜かれていたためかもしれない。女を前にすれば犯したい、陵辱したいと願望せずにいられなかったから、避けられるのも当然か。

そうやって相手にされないと尚のこと、力尽くでもという衝動が強まる。願いを叶え、成人前に童貞を捨てたかった。

近頃では初対面の女性と目が合うなり、向こうがハッとして身を翻すなんてことも増えていた。

せめて初体験だけでも妥協して、普通のセックスで我慢すべきなのか。ただ、そのために彼女をつくり、デートを重ねるといった面倒な手順を想像するだけでげんなりした。だったら、手っ取り早くレイプしたほうがいい。

非道な願望を抱きつつも、和也は警察には捕まりたくなかった。犯罪者として悪名が広まるのを恐れたのではない。刑務所に入れられたら自由がなくなり、それこそ女を犯せなくなってしまうからだ。

逮捕されることなく、目的を遂げられる方法はないだろうか。今日も身勝手なことを考える和也は、アルバイト帰りで電車に乗っていた。高校卒業後、就職試験にことごとく落ちたのは、これも内なる欲望を面接官に悟られたためかもしれない。

フリーターの身ながら親元から独立し、アパート生活を始めたのも、好きなことをしたいという思いからだった。近親者には見せられないコミックや雑誌を隠す手間も省けるし、うまく獲物を手に入れられたときも、ひと目を気にせず自室に連れ込める。

電車の中でも、和也の目は獲物を探した。見つけたら即座に拘束して――なんてことは不可能でも、本人を前に陵辱場面を妄想するのは昂奮が著しい。お気に入りの脳内ゲームであった。

(あ、あのひと――)

途中の駅で、見知った顔の女性が乗ってきた。二メートルと離れていないが、こちらには気がついていない様子である。

和也が住むアパートの近くの、一戸建てに住む夫婦の奥さんだ。
二、三度顔を合わせ、お辞儀程度の挨拶を交わしたことがある。女性には警戒されがちな和也であったが、彼女はそんなことはなく、笑顔を見せてくれたから印象に残った。
若く見えるし、おそらくまだ二十代ではないか。純朴そうで垢抜けない感じもあって、結婚して地方から出てきたのかもと、勝手な想像をしていた。

もちろん、頭の中では数え切れないほど犯し、自慰にも耽った。

(あれ?)

優先席の前に立った彼女が、同い年ぐらいの女性に席を譲られたものだから、和也は首をかしげた。そんな年ではないし、怪我をしている様子もないのに。いったいどうしてと、それとなく窺えば、肩に提げたバッグに見覚えのあるキーホルダーがつけてあった。妊娠していることを示すマタニティマークだ。

（子供ができたのか……）

しょっちゅう会っているわけではないから知らなかった。今もウエストが緩いタイプのワンピースを着ているためか、ちょっと太ったようにしか見えない。

そのとき、和也の脳裏に閃くものがあった。

（お腹に赤ちゃんがいるのなら、言いなりになるんじゃないか？）

子供がどうなってもいいのかと脅せば、母親の本能として守らねばならないと思うのではないか。妊娠していてもセックスは可能だと聞いたことがあるし、きっと受け入れるだろう。

彼女が乱暴にしないでと泣いて頼む場面を想像するだけで、和也は勃起した。

初めての女性として申し分ない。むしろ理想的だ。

年上でも世間知らずっぽいし、ひとを疑うこともないのだろう。記入してもらいたい町内会の書類があるとでも言えば、家に入れてくれるに違いない。あとは実行あるのみだ。

（おれもようやく童貞とおさらばだ）

しかも、積年の夢まで叶うのである。席を譲ってくれた女性に笑顔で頭を下げてから、若い妊婦が降車した。

和也は彼女のあとに続き、悟られぬよう少し離れて歩いた。昂奮と期待に目をギラつかせて。

（絶対にヤッてやる）

その強い決意は、願望を果たすまで萎むことはなかった。

2

仕事用のデスクに置かれた娘たちの写真を眺め、山代忠雄はため息をついた。

（おれの仕事はセコいのか……）

年の離れたふたり姉妹である。それぞれ中学校と幼稚園の制服に身を包み、あどけない笑顔を見せる愛娘のうち、彼の視線が向けられていたのは長女のほうであった。

この写真を撮ったのは一昨年の暮れである。娘たちが同時に卒業と卒園を迎えるため、ふたりとも制服姿で写真を撮る機会は今後ないだろうと、近所の写真館に出向いて撮影したのだ。

現在、長女の真菜美は高校二年生、次女の阿由美は小学二年生になった。当然ながら写真よりも成長しているが、変わったのは見た目ばかりではない。

（この頃は、真菜美も素直で優しかったのにな）

長女の変化が、忠雄の悩みのタネであった。

グレて非行に走ったわけではない。彼女は都立でも名の知れた進学校に入り、優秀さを認められて生徒会役員にも選ばれた。まさに自慢の娘である。

ところが、高校生になった直後から、父親である忠雄に憎まれ口を叩くようになった。

そういう年頃だからと、妻の初美はさして気に留めていない様子である。言葉が過ぎるときにたしなめることはあっても、せいぜいそのぐらいだ。

忠雄とて、女の子を授かったその日から、男親はいずれ疎まれるのだと覚悟していた。知り合いから、娘の反抗について話を聞かされるたびに、我が子もそうなるのだなと暗澹たる気分に陥った。

よって、想定内の現状ではあるものの、長女の反発は予想していたものとは違っていた。侮蔑の対象は父親自身ではなく、もっぱら忠雄の職業なのである。

ここは彼が勤める東京地方裁判所の執務室である。

かつては刑事事件を担当したこともあったが、忠雄は長らく民事畑を歩んできた。現在は東京地裁の民事部で、合議も含めて週に三日ほど法廷に出ている。

ここまでの道のりを振り返れば、大学の法学部から大学院に進み、修士課程と並行して司法試験に合格。司法修習として研修を受け、二回試験に合格して法曹の資格を得た。そして、判事補として十年務めたのち判事となった。

それを契機に結婚。今年で五十五歳になる。

大学時代に裁判官を志（こころざ）して以来、忠雄はその道をはずれることなく、真っ直ぐ進んできたわけである。それゆえ、己の仕事への誇りと責任感は、人一倍あると自負していた。

なのに、真菜美は父親の職業を嘲（あざけ）るのだ。

『民事って、結局のところお金でしょ。どっちが悪いからこれだけ賠償金を払えって、なんかセコいんだよね』

今朝も彼女はそう言い放ち、忠雄を不機嫌にさせたのである。

民事は損害賠償のみを扱うのではない。労働関係の争いや知的財産権、ＤＶなどに関わる保護案件など、様々な紛争を裁く。

とは言え、その解決策として金銭の支払が多くを占めるのは事実だが。

真菜美が民事を軽んじるのは、自身の趣味と大いに連関しているようだ。

小さい頃から読書が好きで、特に中学ぐらいからは国内外を問わず、多くのミステリー作品を読み耽ってきた。また、ドラマや映画も同ジャンルを好み、衛星放送では海外ミステリーのチャンネルがお気に入りである。

よって、事件の謎を解いて悪人を裁くという展開こそ王道であり、正義だと決めつけているフシがあった。そのため、善悪ではなく金勘定で解決すると思われがちな民事を小馬鹿にするのだ。

『パパも刑事裁判の判事だったらよかったのに。極悪人に死刑！　とかって判決を下すのならかっこいいんだけど』

まるっきり子供じみた見解に、怒るより前にあきれてしまう。仮に刑事裁判の判事であっても、簡単に死刑判決が言い渡せるものではない。

だいたい、裁判所で扱う事件数は、刑事よりも民事のほうが多いのだ。東京地裁の裁判官も、民事部の人数は刑事部の数倍である。真菜美の言い分だと、忠雄の同僚たちの多くが「かっこ悪い」ことになる。

もっとも、彼女がそんなことを言う理由も見当がつく。裁判官が検事と一緒になって悪人を追い詰めるという、リーガルドラマのファンだからだ。忠雄も視聴したことがあるが、主役の片割れである判事が法廷で、時代劇のお白洲さながらの啖呵を切る場面で鼻白んだ。

（あんなことができるわけないだろ）

芝居がかった判決の言い渡しはともかく、そもそも公正中立であるべき裁判官が、検察に荷担するなど許されない。現実問題として、同じ役人同士の裁判官と検事の近しい関係が取り沙汰されることはあっても、両者が結託するのはフィクションゆえの演出だ。

高校生にもなって、現実と虚構の区別がつかないとは情けない。そう反論したかったが、子供相手にこちらが大人げない気がして、喉元まで出かかった言葉をぐっと呑み込んだ。

（真菜美も、昔は可愛げがあったのにな……）

小学生のときには作文で、判事を務める父親を尊敬すると書いたこともあったのに。そんなこと、とっくに忘れてしまったというのか。

父親を軽んじる長女に辟易する反動からか、近頃の忠雄は小学生の次女ばかりかまうようになった。

阿由美はパパっ子で、帰宅すると仔犬みたいにまつわりついてくる。愛くるしい笑顔で話しかけられると、一日の疲れやストレスも吹き飛ぶのだ。忠雄にとって、彼女はまさに天使であった。

そのため、マスコット人形や洋服など、おねだりされるとつい財布の紐が緩んでしまう。仕事帰りに買い求めるデザートのお土産も、阿由美が好きなものになりがちだった。

妹が贔屓されれば、姉として気に食わないのは当然である。おかげで、真菜美がますます父の仕事を小馬鹿にするという悪循環に陥っていた。

阿由美は姉も大好きだし、まだ子供だから、民事の裁判官を貶める言動を理解していない。また、真菜美も妹を可愛がり、姉妹の喧嘩に発展していないのは幸いであった。

それに、真菜美が嘲るのは、忠雄自身ではない。巷間伝わるような、たとえば父親の衣類と自分のものを一緒に洗濯されるのを嫌がるみたいに、あからさまな嫌悪を示されたことはなかった。

(真菜美のやつ、阿由美に嫉妬してるのかもな)

近頃はそんなふうにも思える。

長女が民事裁判官を貶(けな)すようになったのは、次女が忠雄にべたべたと甘えだした時期と重なる気がするのだ。妹に父親を取られるのが悔しくて、憎まれ口を叩きだしたのかもしれない。

まあ、あくまでも忠雄の希望的観測だ。本当は自分も甘えたいのにという気持ちの裏返しなら、要は慕われていることになるのだから。

もう少し大人になれば、反抗も終わるだろう。しかしながら、今度は下の娘に嫌がられるようになる恐れもある。男親の悩みは尽きない。

やれやれと嘆息(たんそく)したとき、執務室のドアがノックされた。

「失礼します」

入ってきたのは、書記官の安田沙貴(やすださき)であった。

裁判所書記官は、裁判手続きに関する調書を作成する他、裁判が迅速かつ適正に進められるよう裁判官と協働する。民事訴訟では、訴状に不備があれば原告に補正を勧めたり、弁護士や当事者に準備を促したりするなど、訴訟の円滑な進行を確保する。

つまり、裁判をスムーズに進めるための、重要な役割を担(にな)っているのである。

沙貴はまだ二十七歳と若いが、書記官に必要な法律的素養を身に付けた優秀な人材である。黒のパンツスーツをかっちりと着こなした身だしなみや、眼鏡越しの真っ直ぐな眼差しにも、それが表れている。

ちなみに独身で、恋人もいないらしい。正義感が強く、困っているひとを助けたいと、今は仕事ひと筋で頑張っているようだ。

そんな彼女は、忠雄にとってなくてはならない存在である。仕事は常にパーフェクトだし、全幅の信頼を置いていた。

「こちら、ご依頼のあった判例をまとめておきました」

「ああ、ありがとう」

差し出された文書を受け取ったとき、ふたりの指先が軽くふれあう。その瞬間、沙貴がわずかにうろたえたのを、忠雄は見逃さなかった。

（ちょっと純情すぎるんだよな……）

忠雄にとって、沙貴は娘でもおかしくないぐらいの年である。そして彼女から見れば、こちらは異性として意識されようのないオジサンなのに、時おりこういう反応を示すのだ。

どうやら恋愛経験がとぼしく、男に慣れていないと見える。おかげで、わざとふれたわけではないのに罪悪感を覚えた。

とは言え、沙貴は誰に対してもこうなのではない。裁判官だからといって、必ずしも高潔な人間とは限らない。中にはセクハラじみた言動をする者もいる。そいつが沙貴の容姿に関して軽口を叩いた結果、ちょっとした騒動になったのは去年のことである。

彼は判事として不適格だと、沙貴は地裁の上層部に訴えた。感情的にならず、事実のみを正確に述べ、録音した証拠音声も添えた。その判事はセクハラの常習者だったから、証拠を得るため周到に準備していたようだ。

それでも上が対応を渋ると、彼女はこのことをメディアに告発するとまで強く出た。そこまで言われたら、何もしないでは済まされない。くだんの判事が厳重注意され、謝罪することで事なきを得た。

忠雄とてセクハラを容認するつもりはないし、くだんの判事も目に余るところがあったから、正直いい薬になるだろうと思った。

ただ、そのせいで沙貴が、腫れ物(はれもの)にさわるような扱いを受けるようになったのが気の毒である。そうなる前に、自分が何か手を打つべきだったかもしれないと反省もした。

あの騒動のあとも、沙貴への評価は変わらない。他の女性職員が嫌な思いをしなくて済むようになったのは、彼女のおかげなのだから。むしろ、怯むことのない正義感と、泣き寝入りしない芯の強さに好感を抱き、信頼が揺るぎないものになったほどである。

そうやって目をかけているから、沙貴もこちらを男として意識するようになったのだろうか。ふと思いかけたものの、そんなことはないかと、胸の内でかぶりを振る。

「あの、それから——」

不意に、彼女が思い詰めた顔を見せたものだからドキッとする。考えていたことを悟られたのかと思ったのだ。

「例の賠償金ですけど、まったく支払われていません」

その報告だけで、何の件か理解する。

「そうか……」

忠雄の表情も、自然と険しくなった。

五年前、ひとりの少女が自ら命を絶った。まだ十七歳であった。

原因は、同級生らによるいじめである。いや、いじめなんてなま易しいものではなかった。

少女——柳瀬佳帆は、自慰行為をするよう強要され、その姿を撮影された。さらに、その場に呼ばれた少年にレイプされたのである。明らかに性暴力であり、犯罪以外の何ものでもない。

にもかかわらず、多くのいじめ事案がそうであるように、この事件も全貌が明らかにされるまでに長くかかった。

遺書が残されていたことから、佳帆の両親は事実を解明するよう学校に訴えた。けれど、自己保身に走る学校側は、本気になって調査しようとしない。おまけに、加害者とされた少女たちには未来があるなどと、最愛の娘の未来を奪われた親に冷酷な言葉を吐いたのだ。

遺書には加害者たちの名前はあったものの、何をされたのか具体的なことは書かれていなかった。ただ、辱めを受けたのは読み取れたため、両親は騒ぎを大きくしまいと決めた。メディアに嗅ぎつけられ、詳細が暴かれる羽目になったら、亡き娘が晒しものになるからだ。

ところが、学校や教育委員会に働きかけても進展が見られない。警察に相談しても証拠がないからと門前払いを食らい、苛立ちと失意の日々が続いた。

その後、被害者少女を辱めた行為を撮影した写真や動画が、ＳＮＳ内で共有されていたのが発覚したことで事態が動く。児童ポルノ製造と強制わいせつで、警察の捜査が入ったのである。

だが、すでに一年が経過していた。学校側もようやく協力する姿勢を示したものの、当時の担任や管理職は異動もしくは退職。明らかに逃げたと見られ、どこまで本気なのかは不明だった。

そもそも、警察が動いたからといって、直ちに解決するわけではない。加害者側も未成年だったのであり、非行事実を明らかにするのに通常の犯罪捜査と同じ手法を取るのは難しい。事情聴取も任意となり、佳帆をレイプした少年が逮捕されるまで半年以上もかかった。

かくして、愛娘が穢されたという事実を突きつけられた両親が、どれほどの悲しみと怒りに苛まれたのかなど、想像に難くない。

結果として、少年は更生施設への送致となり、写真をＳＮＳに投稿した少女は保護観察処分となった。

驚くべきことに、遺書で首謀者とされた少女——北野倫華は、説諭のみでお咎めなしだった。現場にいたのは認定されても、触法行為までは明らかにされなかったのだ。

倫華は狡猾だった。SNSへの写真と動画の投稿は、取り巻きの少女にさせたのである。さらに、佳帆が自殺すると、自身が撮影したものはすべて削除し、スマホの機種変更までして証拠を隠滅する念の入れようだった。

遺書に首謀者だと書かれてあると、両親が訴えても無駄であった。それが認められたら、他者を陥れるべく虚偽の遺書を残して自殺する者が出るだろう。証拠になるのは、生きた人間の証言なのである。

そして、倫華に箝口令を敷かれた取り巻きたちが、聴取で事実を述べるはずがなかった。

ならばと、佳帆の両親は民事訴訟を起こした。娘の命をお金に換算することにためらいもあったが、加害者たちに反省してもらうためにと訴えたのだ。

あくまでも当人に改心してもらいたかったから、被告に親は加えなかった。すでに全員、成人年齢に達していたためもあった。

この裁判を担当したのが忠雄である。

民事での事実認定は、刑事事件としての司法判断とは異なる。また、民事裁判では判決だけでなく、和解も重視される。

事実を明らかにするために、原告は被告たちとの和解を求めた。正しい証言を得るためである。賠償金を減額する代わりに、本当のことを教えてほしいと加害者たちに訴えた。

これにより、あの日の出来事が詳らかにされたのである。

愛娘の命を奪われたのだ。親であれば、いじめに荷担した連中を八つ裂きにしたいと思っても不思議ではない。

佳帆の両親は、そうは考えなかった。

被告たちが己の罪と向き合わなければ、娘はただの犬死にだ。けれど、彼らが心を入れ替え、真っ当に生きてゆく決心をしてくれれば、彼らの良心として我が子が生き続けてくれる気がする。

ふたりは忠雄にそう語り、被告たちの謝罪も受け入れた。悔恨の涙を浮かべた元少女もいたから、思いは通じたのではなかろうか。

しかし、ただひとり、倫華だけは和解に応じなかった。

民事裁判だと、弁護士など代理人が出席する場合が多い。ところが、訴えられたことが余っ程腹立たしかったのか、彼女は法廷に現れた。人証調べのとき以外にも、毎回。

倫華は美人だった。美貌を鼻にかけているところがあったと、他の被告の証言を聞かされていたが、なるほど、これならそうなるだろうと納得できた。

但し、見た目と内面はまるっきり逆である。むしろ表面的な美しさが際立っているぶん、性格の歪みっぷりは吐き気を催すほどであった。

自分はあの場にいただけで何もしていない、ただの傍観者だと彼女は主張した。他の被告の証言も、賠償金を減らすための嘘八百だと述べた。偽証はひとつとしてなく、すべて裏付けが取れていると告げても、頑として認めなかった。

そうなれば、被害者の少女や両親への謝罪など望めない。それどころか、佳帆が自殺したのは自分の醜さに耐えきれなかったからだと、冷笑を浮かべさえしたのである。

『あいつ、あたしの美貌に嫉妬して、遺書に名前を残したのよ。ブスの逆恨みね。とんだ濡れ衣だし、むしろあたしのほうが被害者なんだから』

人間の皮を被った悪魔がいるとすれば、きっとこんな姿をしているに違いない。そう思ったのは忠雄だけではなかったろう。佳帆の両親も、怒りに総身を震わせていた。

忠雄は倫華に、原告が求めた賠償金を満額認める判決を下した。ひとの命が奪われたのである。それでも安すぎるぐらいであった。

『バカじゃないの⁉　なんだってあたしが、あんなブスのためにお金を払わなくちゃいけないのよ！』

逆上した倫華がそう言い放ったのを、忠雄は今でもはっきりと覚えている。そんな彼女が、主張をすべて退けられた判決など、どうして受け入れられようか。

倫華は控訴したが、事実認定は覆らなかった。さらに最高裁への上告も画策したが叶わなかった。民事裁判では手続きに重大な瑕疵があるか、判決に憲法違反でもない限り、上告は認められないのである。

だからと言って、素直に賠償金を払うわけがない。遺族の元には、未だにびた一文届いていなかった。

「全然反省していないってことですよね。あんな酷いことをしたのに」

冷静で、感情をあらわにすることなど滅多にない沙貴が、目を潤ませている。書記官として、法廷や調停の場で被告たちの証言を聞いていたから、被害者の少女が何をされたのか、すべて知っているのだ。もちろん、倫華の暴言も。

忠雄とて、思いは沙貴と同じである。だが、胸の内を表に出すわけにはいかない。判事としての矜持というより、もうひとつの立場を悟られないために。

「まあ、ある程度は予想していたがね」

「やっぱり、被告に親を加えたほうがよかったんじゃないでしょうか」

「いや、被害者の両親の目的は、加害者たちに心から反省してもらうことにあったんだ。親の責任にして賠償金まで払ってもらったら、彼らは自分の過ち（あやま）と向き合わずにいただろうね」

「でも……」

「それに、あんな子供に育てたんだ。北野倫華の両親も、仮に命じられたところでびた一文払わないさ」

そういう類いの親であることは、別のルートで調査済みだった。

放任主義どころではない。事件発覚後は完全に我が子を見限り、自分たちには関係ないという態度を見せていた。さらに、倫華が高校を卒業すると、さっさと独立させたのである。着火前に火の粉を振り払うがごとくに。

「この親にしてこの子ありってことですか。確かにそうかもしれないですね」

沙貴はなるほどという顔を見せつつも、当然ながら納得はできないようだ。

倫華が反省する態度を示さずとも、賠償金が支払われれば、多少なりとも慰めになる。加害者に償い（つぐな）をさせる証（あかし）となるからだ。たとえそれが、親の金であったとしても。

おまけに、このまま逃げられるようなことになれば、遺族はさらに苦しむことになる。

「ところで、原告は強制執行の申し立てを考えているのかな？」

忠雄の問いかけに、沙貴は眉間（みけん）に深いシワを刻んだ。

「どうでしょうか。被告のあの態度からして、何をしても無駄だという心境になっているかもしれません」

「そうか……」

「申し立てるには、相手の財産を調査する必要がありますよね。だけど、あの方たちには難しいと思います。ひとを頼む手はありますけど、そこまでの気力があるかどうか」

佳帆の両親が失意の日々を送っているのは、忠雄のところにも情報が入っていた。北野倫華が、現在何をしているのかも含めて。

親元から離れた倫華は、六本木のクラブで働いている。一般的な会社勤めであれば、勤務先に給与の差押えを求められるが、水商売となると難しい。

そもそも水商売は、税務調査で毎年ワーストの上位にあげられている。ただでさえいい加減なところが多いのに加え、従業員との雇用契約も、あって無きがごとしだ。報酬も給与所得なのか事業所得なのかすら曖昧である。

そんなところが調査なり差押えなりに、まともに応じるわけがない。

倫華は美人なだけあって、店ではナンバーワンらしい。お客からの贈り物も多いはず。ブランド品など売りさばけば、かなりの額になるであろうが、ああいう性格からして贈与税など関係ないと思っているのは確実だ。

現に、一等地のマンションで、かなり優雅な生活をしているそうだ。ホステスとして稼いだ金を、すべて自分のものにして。賠償金のことは、頭の片隅にも残ってはいまい。

(やっぱり両親も被告に加えるべきだったのか……)

忠雄は後悔しかけた。立場上、直接アドバイスはできないが、周囲の人間を使って働きかけるのは不可能ではなかったのに。

何より、倫華の親は資産がある。弁護士や裁判の費用は出していたようだし、預金や不動産の差押えができたはず。

だが、原告はそんなことを望んではいなかった。誰よりも倫華から、謝罪なり後悔なりを口にしてほしかったのだ。

（やっぱり、本人に払わせるしかないな）

たとえ、どんな手を使ってでも。

沙貴が出ていくと、忠雄はスーツの内ポケットから鍵を出し、デスク右上の引き出しを開けた。

中に入っていたのは携帯電話。それも、スマートフォン全盛の時代にもかかわらず、かなり古いタイプのガラケーである。液晶画面には番号しか表示されないタイプの。

忠雄はそれで、登録されていた番号にかけた。

「……ああ、私だ。今日は集まれるかい？……うん。では定刻に」

短いやりとりで通話を終え、もうひとりにかける。そちらとも、交わした言葉は一緒だった。

やるべきことを終え、携帯電話をしまう。引き出しに鍵をかけた忠雄の面相は、先刻までと一変していた。娘の言動に悩む父親のそれとも、沙貴と話したときの判事の顔とも異なる。

鬼も裸足で逃げ出すであろう、その形相を知っているのは、ごく限られた人間のみであった。

3

東京地方裁判所は、東京都千代田区霞が関一丁目一番地四にある。そこは東京高裁や簡易裁判所も入った合同庁舎のため、歩道に面した塀(へい)には、ごくシンプルに【裁判所】とだけ表示されたプレートが掲げられていた。

庁舎を出た忠雄は、桜田通りを虎ノ門側に歩いた。普段なら、すぐに地下道へ降りて霞ヶ関駅へ向かうのだが、今日はそこを通り過ぎる。

霞が関一丁目、二丁目の交差点も通過して、着いたところは霞が関三丁目、文部科学省の脇にある、江戸城外堀(そとぼり)跡だった。

そこはいかにも史跡らしく、地下展示場もある。過去から現在に至る沿革や調査結果などの案内や説明板が並ぶが、家路を急ぐひとびとは見向きもしない。まして、文科省の新旧庁舎に挟(はさ)まれた、目立たないところにある外堀跡を見学する者は皆無であった。

その付近で、忠雄の姿は地上から消えた。

一分後、彼は細い地下道を、北北東に向かって歩いていた。

古びたコンクリートで天井と壁面を固められた通路は、十メートルほどの間隔で小さな明かりが灯るのみ。不気味な薄暗さである。

おまけに、地上の車か、はたまた地下鉄なのか、振動に似た低い唸りがひっきりなしに聞こえる。この先に何があるのかを知らなければ、まともな神経の持ち主なら、二十メートルと耐えられずに逃げ出すであろう。

地下道は緩やかな下りである。進むごとに気温が下がるのがわかる。けれど、忠雄は数え切れないほど行き来しているため、まったく動揺しない。むしろ心は熱く燃え盛っていた。

五百メートルほど歩いて、いくらか広いところに出る。そこには高さと幅が三メートル近い鉄製の扉があった。歩いてきた通路同様、かなり時代の感じられるものだ。

それでいて、扉の中心、丸い輪っかの引き手が左右に並んだそばに、場違いな電子機器が備えつけられていた。センサーである。

忠雄は胸ポケットからカードを取り出すと、センサーにかざした。地裁の出退勤時に使われるカードとは異なるものである。

ピッ――。

センサーが電子音を鳴らし、赤いランプが緑に変わる。続いて、鈍い音を立てながら、扉がゆっくりと開いた。

目の前に法廷が現れる。しかし、スポットライトに照らされるのは、半円の格子で遮られた被告席と、それよりも高い位置にある裁判官席のみ。検察官や弁護人の場所はない。

ここは東京地裁の真下、地下深くにある。住所は東京都千代田区霞が関一丁目一番地、四の零――。

その存在を知る者は、「東京ゼロ地裁」と呼ぶ。

その場所はもともと、戦時中に造られたシェルターであった。名もなき工兵たちが動員され、工事は秘密裏に進められたという。

しかし、役目を果たすことなく終戦を迎え、GHQにもその存在を知られることはなかった。当時地上にあった大審院庁舎とは通じておらず、唯一の出入り口が江戸城外堀跡と離れていたからだ。政府中枢ですら、これを知っていた者は限られており、工事に携わった将兵も、ほとんどが戦時中に空襲や動員で命を落としたそうだ。

かくして、ほぼ出来上がっていた地下空間の存在は、長らく闇に葬られたのである。

公（おおやけ）にされていなかったここを誰が発見し、今のかたちに整えたのかは、忠雄も知らされていない。ゼロ地裁の性質上、記録を残すわけにはいかないからだ。

では、その目的は？

鉄製の扉が開く。忠雄が振り返ると、ふたりの姿が光の中に浮かびあがった。

「遅くなりました」

頭を下げたのは、短髪で精悍（せいかん）な顔つきの男。実年齢は三十九歳だが、普段からからだを鍛えているためか姿勢がよく、十歳は若く見える。

名前は谷地修一郎（やちしゅういちろう）。東京地方裁判所の執行官である。

執行官は、裁判の執行などの事務を行なう。具体的には、家の明け渡しが命じられたのに実行されない場合、家財道具を運び出して債務者を退去させたり、子供の引き渡しが命じられたのに応じない場合は、子供の監護を解いて引き渡したりと、裁判の結果を強制的に実行するのが主な仕事だ。

その修一郎の後ろには、穏やかな顔つきの中年男性。灰色の地味な作業服姿である。

「いやあ、私のほうが先に地下道へ入ったんですが、途中で谷地君に追いつかれましてね。やはり若いひとにはかないませんな」

人好きのする笑顔を浮かべる彼は、立花藤太。忠雄より三つ年上の五十八歳で、府中刑務所の刑務官である。

ふたりとも、東京ゼロ地裁の仲間だ。

「北野倫華の件ですよね」

法廷の隣、丸テーブルがひとつあるだけの会議室に移ると、修一郎がさっそく本題に入った。

「うむ、その件と――」

忠雄は藤太の顔を見た。

「立花さんには、杉森和也の現状も教えてもらいたい」

その名前に、藤太の眼光が鋭くなる。

「ああ、あのクソ野郎ですね」

穏やかな口振りで、頬も緩んだままであったが、目はまったく笑っていなかった。杉森和也は、温厚で知られた藤太をして、

『あんなゴミは生かす価値なんてありませんよ』

と言わしめた男である。

和也は、二十代の若い妊婦をレイプしようとして抵抗され、惨殺したのだ。もちろん胎児も助からなかった。

忠雄はこの刑事裁判に関わっていなかったものの、娘を持つ父親であり、事件の凄惨さもあって注視していた。そのため、懲役十三年という判決には、怒りで身を震わせずにいられなかった。

だが、言語道断の非常識な判決かと言えば、そうとも断定できない。

和也は犯行時十九歳であった。犯罪の凶悪性ゆえ家庭裁判所より逆送され、通常の刑事裁判で裁かれたが、ネックになったのはやはり年齢だ。おまけに、被告人は殺意があったとは最後まで認めなかった。

さらに、被害者がひとりである。胎児は刑法上母体の一部であり、独立した個――すなわち被害者として数えられない。おまけに和也は非行歴がなく初犯ということで、検察の求刑も懲役十五年にとどまった。未必の故意があったとして、殺人罪を適用できただけでも幸いだったかもしれない。

被害者の遺族――女性の夫であり胎児の父親でもある男性は、当然ながら納得しなかった。死刑でも足りない、地獄の底まで追い詰めて、何度でも殺してやりたいと、彼の心境がメディアで伝えられた。

しかし、法治国家で被害者遺族が望む罰が与えられるはずがない。下されるのは、法律と判例に則(のっと)った判断である。

遺族は高裁での審理を望んだものの、さらに長い量刑を求刑できるだけの証拠がなく、検察は控訴を断念。被告側も控訴しなかったため、地裁での判決が確定した。

杉森和也が控訴しなかったのは、早く服役すれば早く出られるという算段があったからだ。府中刑務所に収監されたのち、彼が得意げに吹聴(ふいちょう)していたのを、藤太がたまたま聞いたのである。

『おれは初犯で、犯行のとき少年だったんだし、十年以内で出られるはずさ』

和也は仮釈放を目論(もくろ)んでいるらしい。そのため、刑務所では模範囚だという。態度がよくても、反省しているとは限らない。そもそも罪を悔いているのであれば、仮釈放など望まないはずだ。

それは刑事裁判後の損害賠償請求、忠雄が裁判長を務めた民事訴訟における態度からも明らかだった。後悔も謝罪も表面的で、心から反省しているとはとても思えなかった。

まず間違いなく、釈放されても賠償金を払わず逃げるだろう。

「杉森は相変わらずです。刑務官が見ているところでは実に模範的で、刑務作業でも班のリーダーを務めています」

報告した藤太が、フンと鼻を鳴らした。そういう荒んだ振る舞いも彼には珍しい。杉森和也のことが、それだけ腹に据えかねているのだ。

「もちろん、あいつは反省なんてしてません。上っ面だけの模範囚です」

「そうだろうね」

忠雄も同意してうなずく。それから、

「私は、あいつが最初から妊婦を狙ったと見てるんだよ」

前にいるふたりの顔を、代わる代わる見ながら言った。

「それじゃ、最初から被害者を殺すつもりで、計画的に？」

修一郎が驚いて目を見開く。

「いや、そこまでは言ってない。強姦しようとして抵抗され、結果的に殺したのは事実と見てよさそうだ。本人が主張したように、気が動転していつの間にかナイフを握っていたなんてことはなくて、明らかな殺意があったはずだがね。おそらく、思いどおりにならなくて逆上したんだろう」

忠雄はやり切れなくかぶりを振った。

「ただ、どうしてレイプするのに妊婦を選ぶんだ？　あいつは裁判で、以前被害者に優しくしてもらったから、甘えたい気持ちが高じて魔が差したなんて弁明していたが、そんな子供っぽい純粋さとは無縁のやつだよ。おそらく妊婦なら、お腹の子供を守ろうとして言いなりになるとか、そういう企みがあった気がしてならないんだ」

「なるほど……あり得ますね」

藤太がうなずく。刑務官として、近くで和也を見てきた者の言葉ゆえ、重みがあった。

「いずれ、やつには罪の代償を払ってもらうつもりだ。しかし、計画的だったと判明したら、最高位の償いをしてもらうしかないと思っている」

忠雄の宣言に、修一郎と藤太が唇を引き結ぶ。最高位の償いが何を意味するのか、わかっているからだ。

それだけに、安易な決定ができないということも。

「では、他の受刑者を使って、杉森の本音を聞き出しましょう」

藤太が請け合い、忠雄は「頼みます」と頭を下げた。

「杉森と言えば、被害者の旦那さん——佐久間さんの容体がかんばしくないようです」

修一郎が報告する。

「え、そんなに悪いのか？」

「もともと腎臓に病気があったんですが、奥さんとお子さんを失って、おまけに裁判でも望んだ結果を得られなくて、心労からますますからだを悪くしたんでしょう。勤めも休みがちだと聞きました」

「そうか……まあ、そうなってもおかしくないだけの目に遭ったんだものな」

「おまけに、死刑判決にこだわったことや、民事で賠償請求したことについて、かなりの誹謗中傷が届いているそうです。おれが目にしたネットのつぶやきにも、目を覆いたくなるようなものがありました。犯人とは言え少年に死刑を望むやつに、そもそも親になる資格はない、子供を殺されて正解だったとか、妻子の命を金で買おうとしている銭ゲバだとか」

「ひどいな」

忠雄は顔をしかめた。

そいつらは、自分が正しい主張をしていると信じ込んでいるのだ。偽の正義感に振り回されるだけの、思慮の浅い人間だとは気づかずに。

「さすがに目に余るので、佐久間さんも弁護士に相談して情報開示請求を考えているそうです。ただ、訴訟を起こすとなると、またストレスが高じるでしょうから、からだが心配です。もはや悪循環ですね」

裁判がどれほどの心労を伴うのか、判事である忠雄も重々承知している。

検察と犯罪者が争う刑事裁判と異なり、民事裁判では訴えから判決まで、自らが当事者にならねばならない。たとえ代理人――弁護士を立てるにしても、裁判で矢面に立つのは自分だ。これは並々ならぬプレッシャーに晒されるのと同義なのである。

訴えたり訴えられたりを好む人間などどこにいるだろう。訴訟大国と言われるアメリカのひとびとも、好きで裁判を起こしているわけではない。

まして日本人は、裁判を好まないと言われている。そのため、訴訟を回避するための手段――合法非合法を問わず第三者に解決を依頼するとか、示談で済ませるといった方法を選択しがちである。

裁判に臨むのは、面倒な手続きが必要であることに加え、相応の覚悟も求められる。病人にはかなり酷なのだ。

「うーん、心配だな。忙しいところを悪いが、谷地君は佐久間さんのことも引き続き気にかけておいてくれ」

「承知しました」

「それで、北野倫華の件なんだが——」

東京地方裁判所の地下深く、額を突き合わせて相談する三人。彼らの目的は、犯罪被害者や遺族の救済であった。

東京ゼロ地裁の使命は、民事訴訟の判決で言い渡された賠償金を払わない悪党から、金や財産を極限まで毟り取り、本来受け取るべきひとびとへ渡すことにあった。

その際、手段や方法は問わない。連中が犯した悪事をそのまま、いや、百万倍にもしてお返しする。被害者の苦しみを身をもってわからせ、彼らの負債をゼロにするために。

東京ゼロ地裁は、影の執行裁判所なのだ。

正式なメンバーはふたりである。裁判長の山代忠雄と、執行官の谷地修一郎だ。ちなみに先代の判事から、忠雄はゼロ地裁三代目の裁判長だと聞かされた。

立花藤太は忠雄に依頼され、ゼロ地裁に協力している。悪党を手の中で転がすには、刑務官の存在が不可欠である。現に彼のおかげで、刑務所を隠れ蓑にしていた悪党どもを、数多処理できたのだ。

なお、協力者はもう一名いる。彼女は司法関係者ではないため、必要なときに依頼し、動いてもらっていた。

「では、そういうことでよろしく頼むよ」

当面の動きについて打ち合わせを終え、腕時計を見た忠雄が顔色を変える。

「あ、しまった」

大いに焦り、テーブルに置いた自分の鞄を奪うみたいに抱えた。

「どうしたんですか、山代判事?」

修一郎が声をかけると、

「妻に買い物を頼まれていたのを忘れてたんだ!」

叫ぶように言って、振り返ることなく部屋を飛び出す。残されたふたりは、唖然として顔を見合わせた。

4

(山代判事って、奥さんの尻に敷かれているのかな?)

六本木へ歩いて向かう道すがら、修一郎はふと思った。

今日のように、忠雄が家の用事を思い出して慌てることは初めてではない。ゼロ地裁では冷徹な判決を言い渡す彼が、妻子のことになると、ときに動揺を見せるのである。

判事に執行官と職務は異なれど、表の世界でもふたりは同じ東京地裁に勤めている。但し、そちらではほとんど接点がない。

そのため、修一郎は忠雄のプライベートをあまり知らなかった。裏の世界――ゼロ地裁では活動内容が内容だけに、互いのことを打ち解けて話す雰囲気にならない。ひと仕事終えて一杯なんて交流も皆無だ。

それでも、彼に娘がふたりいることは、書記官の安田沙貴に聞いていた。被害者が女性だと、特に悪党どもへの制裁に遠慮がなくなるのは、そのためかもしれない。

沙貴の話だと、忠雄は執務室のデスクに娘たちの写真を飾っているそうだ。海外のドラマなどで、家族の写真を仕事場に飾っているのをよく見るけれど、この国ではポピュラーではない。

それだけ溺愛しているのなら、少女が被害者の事件など、身につまされるのではないか。倫華のせいで自殺した柳瀬佳帆にも、感情移入しているのが窺える。

家族を愛するのはいいことだ。それが悪事を暴く原動力になるのなら、批判する必要はない。

本業の民事裁判で、忠雄がどんなふうに振る舞っているのか、修一郎は知らない。それから、家庭での様子も。

ただ、忠雄の家庭内での地位に関しては、奥さんよりは立場が下だと推察される。でなければ、あんなふうに本気で焦ったりはしまい。

(買い物を頼まれたって、夕飯の食材かな?)

悪人に鉄槌(てっつい)を下す鬼の裁判官が、実は奥さんに頭が上がらないとは。まあ、そのぐらいのほうが人間味があっていい。

霞が関から六本木まで、徒歩で三十分以上かかる。メトロを使えば時間は短縮できるが、修一郎は面倒だからと、己の足のみで移動した。それに、歩いたほうが運動になる。

修一郎がからだを鍛えるようにしているのは、職業柄もあった。家の明け渡しや動産の差押えといった執行現場では、債務者の抵抗にあうこともしばしばだからである。そのため、執行官は自らの判断で、警察の援助を求められるのだ。

修一郎は抵抗されても、自ら排除するよう心がけていた。

へたに警察を呼ぶと、債務者はかえって依怙地になる。権力の横暴で財産を奪われたという印象が強まり、不満を引きずることにもなりかねない。

かと言って、現場で暴力を振るうわけではない。債務者に正面から対峙し、執行の理由を懇々と説くのだ。

少しでも弱いところを見せたら、彼らは立ち向かってくる。よって、執行官は常に自信を持って振る舞う必要があった。いくら抵抗しても無駄だと、債務者にわからせるために。

非力だと自覚していたら躊躇して、強制執行もうまくいかない。だからこそ肉体を鍛えあげ、いざとなったらからだを張るぐらいの心づもりでいた。

それが相手にも伝わるのだろう。腕力に頼らずとも、強制執行は常にうまくいっていた。

修一郎は、裁判所書記官を経て執行官になった。

裁判所の職員になったのは、正義を重んじる性格によるところが大きい。だからこそ法律や司法に関心があったし、それに加えて、困っているひとの力になりたかった。

長いようで短い人生、自分のためだけに生きるよりも、誰かのために生きたい。そのほうが充実した日々を送れるはず。ならば、裏方で事務仕事の多い書記官よりも、現場に出て働ける執行官のほうがいい。

執行官も裁判所の職員であり、国家公務員だ。けれど、給与は支払われない。事件当事者が納める手数料が収入となる。要は完全歩合制なのだ。もっとも、執行に関わる事件数はかつてより減少している。それに伴って執行官も減り、高齢化も進んでいた。相応の収入はあるものの、以前ほどではなくなったのが現実だ。

修一郎の場合は、もともと金を稼ぐために執行官になったわけではない。手数料の額などは細かく規定されているが、その一部を困っている債務者や債権者に回すのはざらだった。収入が減っても気にしない。独身だし、生活が成り立てばそれでいいのである。

そんな彼がゼロ地裁の一員になったのは、ごく自然な流れであったと言えよう。

裏の稼業は報酬がもらえるわけではなく、ボランティアだ。それでかまわないし、むしろ、報酬が出ると聞かされたら引き受けなかったであろう。悪を正し、善人や弱者に報いるのが目的なのだから。

よって、十七歳の少女を絶望させ、死に追いやっても反省しない女を、このままにしておくわけにはいかない。

倫華が勤めているクラブは、すぐに見つかった。壁面に古城のような石垣をあしらった、奇抜なデザインのビル。その二階であった。

情報では、彼女は本名を源氏名にしているという。ありがちな安っぽい名前をつけたくないというプライドの表れなのか。

（とりあえず指名してみるか）

売れっ子らしいから、待たされるかもしれない。それでも、接客の様子を窺うぐらいはできるだろう。

普段は動きやすい、地味な服装がほとんどだが、今夜の修一郎はカジュアルなスーツ姿である。六本木のクラブに訪れるのに、門前払いを食わない程度のお洒落を心がけたのだ。

もっとも、自前の服ではない。ゼロ地裁には、活動に必要な資料や物品を揃えた部屋があり、そこにあったものだ。

店名の書かれた黒いガラスのドアを開けて入ると、黒服の若い男が迎えてくれる。

「いらっしゃいませ。おひとり様ですか？」

「ええ」

「それではご案内いたします」

ボックス席に案内されるあいだに、初めての来店かどうかを確認された。時間が早いためか、わりあいに広い店内は、半分も席が埋まっていない。

黒服がシステムを簡潔に説明したあと、

「ところで、ご指名などございますか？」

と、確認する。初めての来店でも、紹介されてという場合があるからだろう。修一郎もそういう客を装うつもりだったから、都合がよかった。

「ええ、倫華さんを」

この返答に、黒服の表情がわずかに強ばる。オマエみたいな一見の客が、店のナンバーワンを指名するなんてと蔑まれたのか。

しかし、そうではなかったらしい。

「本当に倫華さんでよろしいのですか？」

訊き返してから、彼が《しまった》というふうに眉をひそめる。つい本音が出てしまったのを悔やむように。

（あれ？）

妙だなと訝りつつ、修一郎は「ええ」と答えた。

「承知いたしました。では、ごゆっくりお過ごしください」

黒服が下がり、ボーイが氷やミネラルウォーターなどを運んできた。ボトルは飲み放題用のウイスキーながら、安物ではなく名前の知られた銘柄だ。そのぶん、料金は安くない。

「いらっしゃいませ」

ボーイと入れ代わるようにやって来たのは、北野倫華だ。調査で尾行したことはあっても、まともに顔を合わせるのは初めてである。

それから、水色を基調としたきらびやかなドレス姿も。メイクもかなり派手で、目元のあたりがやけにキラキラしていた。

「どうも。こんばんは」

修一郎は、普段は笑い顔など滅多に見せない。それでも、ここは敵の信頼を得るためにと、大サービスで頬を緩めた。

「ご指名ありがとうございます」

本人は愛想よく振る舞っているつもりらしいが、眼差しに覇気のなさが表れている。ちやほやされたいけれど、接客は面倒くさい。でも稼がなくてはいけない。そんな内心が透けて見えるようだ。

隣に腰をおろした彼女が首をかしげる。

「お客さん、この店は何回目？」

「初めてです」

「だったら、どうしてあたしを指名したの？」

初対面の相手にもタメロである。美人でざっくばらんな性格は男受けがいいものだが、倫華の場合は単なる礼儀知らずにしか映らない。

もっとも、修一郎は裏の顔というか、彼女の本性を知っているからこそ、そんなふうに感じるのかもしれない。

「友達に聞いたんです。この店と、綺麗な子がいるってことを」

「ふうん。友達って？」

「ナカムラっていうんですけど」

倫華は眉をひそめ、記憶を手繰る面持ちを見せた。しかし、該当者は思い浮かばなかったらしい。

それもそのはずで、友達に聞いたというのは嘘である。よくある苗字を口にしただけなのだ。

「憶えてないわ。あたしを指名するお客は多いし、よっぽどのイイ男かお金持ちでもないと印象に残らないもの」

売れっ子だとひけらかしたいのだろう。修一郎の作り話を、少しも疑っていない。

「じゃあ、思い出すのは無理ですね。ナカムラは平凡な男ですから」

「なるほど。だから、あたしみたいな美人とお話しできたのが、よっぽどうれしかったのね」

どこまで自惚れが強いのかと、修一郎はあきれるばかりであった。それでも、表情には出さぬよう気をつけ、「そうでしょうね」と笑顔で同意する。

「でも、お客さんはなかなかイケてるわよ。からだつきも男らしいし」

こちらを値踏みする視線にも怖気立つ。二十二歳とは思えない艶気が滲み出ていたのだ。

こんな女に気に入られたくはなかったが、あれこれ聞き出すのには好都合である。「水割りでいいの？」と訊かれ、「ええ」とうなずいた。

グラスに氷を入れ、ウイスキーを注ぐ倫華の手つきは堂に入っていた。高校卒業後から水商売の世界に足を踏み入れているのもそうだが、これという男を見つけたら取り入るのが得意なのではないか。そうやって上客を手中にし、自らを武器にして稼いできたのだろう。

(おれからも金を毟り取るつもりなのか?)

普段と比べれば身なりに気を配っているが、着ているスーツは高級なものではない。多くの男を見てきたのなら、金を持っているかいないかぐらい、ひと目でわかりそうなものだが。

まさか、からだが目的なのかと、背すじがぞわっとする。関係を持てば情報は得やすくなるかもしれないが、調査のために女と寝るなんて、三流スパイ映画みたいな真似(まね)はしたくなかった。

そもそも、そんな方法はこれまで取ったことがない。

「はい、どうぞ」

倫華がコースターの上に水割りを置く。続いて、

「あたしも飲み物をいただいていいかしら」

お願いではなく、当然の権利だと言いたげな口振り。修一郎は「かまわない

よ」と答えた。

「ちょっと、あたしにいつもの」

ボーイに声をかけてから、彼女が向き直る。

「あと、フルーツもいただいていい？　盛り合わせ」

いかにも値が張りそうだし、特に果物が好きというわけでもない。だが、断って気分を害されても困る。

（まあ、おれが食べるわけじゃないんだし）

情報を得るための必要経費だ。こういうときのためのクレジットカードも持っている。名義は修一郎が調査で使う偽名になっており、引き落とされる口座も彼のものではない。

ゼロ地裁の活動は報酬こそないが、調査などにかかった費用は出してもらえる。また、場合によっては危険手当も。それらの金がどこから出ているのか、修一郎は知らない。

「いいよ」

「ありがと。あと、フルーツの盛り合わせも」

こちらを見たボーイが、「かしこまりました」と返事をしつつ、意外だという面持ちを浮かべた。そんな酔狂な客がいるのかと驚いたみたいに。

(どうも様子がおかしいな)

店のナンバーワンだというわりに、周囲の反応はそれとは真逆だ。あるいは、倫華以上の美人が入店し、地位を奪われたのか。

そのとき、

「いらっしゃいませ」

入り口のほうで声がした。何気なく視線を向けると、来店したのは恰幅のいい紳士であった。高級そうなスーツ姿の彼は、忠雄と同じぐらいの年ではなかろうか。

(でも、山代判事は、こういう店には来ないんだろうな)

本人にその気持ちがあっても、奥さんにバレたらただでは済まない気がする。

そんなことを考えていると、

「アイリさん、ご指名です」

黒服が声をかけたのとほぼ同時ぐらいに、ピンクのドレスをまとったホステスが現れた。

「いらっしゃいませ、ミワさん」

明るい笑顔でお客を迎えた彼女は、初々しい顔立ちである。遠目でも、メイクはそれほど濃くないように見えた。

常連客と、馴染みのホステスの顔合わせ。夜の店では、ごくありきたりの光景である。修一郎は視線をテーブルに戻した。

（え——）

ギョッとして目を見開く。倫華が殺人鬼もかくやというほどに、凶悪な顔つきになっていたからだ。

他のホステスに目を向けたものだから、そのせいで機嫌を損ねたのか。だが、彼女は修一郎を見ていなかった。入り口近くでお客と言葉を交わす、アイリという同僚を睨んでいたのである。

そのとき、ボーイが倫華の飲み物を運んでこなかったら、倫華は席を立ってアイリに襲いかかっていたかもしれない。元が美人だから、何人もの犯罪者を見てきた修一郎ですら背すじが寒くなるほどの迫力があったのだ。

「ドリンクのご注文、ありがとうございます」

テーブルにグラスが置かれ、倫華はハッとして表情を戻した。

「それじゃ、乾杯」

気を取り直したように頬を緩め、赤紫の液体で満たされたグラスを掲げる。修一郎は戸惑いつつも、水割りのグラスを合わせた。

「こちらへどうぞ」

黒服がふたりを案内してくる。修一郎たちがいる席の脇を通り、奥のほうへ向かった。

それを倫華が目で追ったのは、言うまでもない。また顔つきが険しくなった。

（アイリって子と、仲がよくないのかな）

いや、それ以上に因縁めいたものを感じる。たとえば、向こうのほうが新人なのに人気があり、お客も奪われたみたいな。

その見立ては、どうやら間違っていなかったようだ。

「ねえ、今の子の顔見た？」

倫華が訊ねる。

「え、今の子って？」

わかっていながら確認すると、彼女の頬がピクッと引きつった。

「今、そばを通った子よ。奥のテーブルに着いた」

「ええと、どこ？」

わざとらしく振り返り、アイリとお客の顔をもう一度確認する。

「あの子がどうかしたの？」

向き直って訊ねると、倫華が憎々しげに眉根をひそめた。

「ていうか、あたしとあの子、どっちが美人だと思う？」

やけにストレートで、しかも子供じみた質問に、修一郎は危うく吹き出しそうになった。懸命に顔をしかめ、

「もちろん、倫華さんだと思うけど」

と答える。お世辞ではなく、単純に顔の造りだけで言えば、彼女に並ぶ者はそういないからだ。店内にいる他のホステスと比べても、明らかに頭ひとつ以上抜きん出ている。

アイリという子も、化粧っ気のあまり感じられない素朴さに好感が持てる。見た目の幼さもあって、それこそ年配のお客など、庇護してあげたい気にさせられるのではないか。

だが、美貌のみを比べたら、倫華の敵ではない。ひと目を惹くような華やかさにも欠ける。

「そうでしょ。わかってるじゃない」

ようやく機嫌を直したみたいに、倫華が口許から歯をこぼす。真っ白なそれにも、隙のない美しさを心がけている熱意が見て取れた。

「だいたい、美貌であたしに対抗できる女なんて、この店にいないのよ。うぅん、六本木中を探したって、あたしが間違いなくナンバーワンだわ」

そこまでいくと自信ではなく過信である。もっとも、まったくの大言壮語だと笑い飛ばせないところもあった。メイクにドレス、髪型もばっちり整えた倫華は、それこそ向かうところ敵なしだと思えた。

「だったら、どうしてあの子が気になるんだい？」

それとなく核心に触れると、彼女がまた眉根を寄せる。

「あいつがあたしのお客を取ったからよ。今いっしょにいるミワさんだって、もとはあたしにぞっこんだったのに。ったく、あの泥棒猫が」

ドラマなどで耳にしたことはあっても、泥棒猫なんて台詞を現実に口にする女がいるとは思わなかった。それだけ腹に据えかねているのか。

（見た感じ、いかにも上客そうだものな）

金払いがよく、プレゼントももらって、かなり稼がせてもらったのではないか。そんなお客を奪われたら、怒り心頭なのもうなずける。

「あの子がこの店に入ったのは、倫華さんよりもあと？」

「そうよ。まだ半年ぐらい」

新人に負けたとなれば、プライドもズタズタであろう。

「どうせアフターでホテルに行って、股を開いて誘惑したのよ。美貌じゃあたしにかなわないから、カラダでお客を繋(つな)ぎ止めてるのね」

品のない言葉を吐き、グラスに口をつける。いかにも甘そうなカクテルを、苦々しい顔で飲んだ。

修一郎は書記官から執行官になったのであり、裁判に関わった大勢の人間を見ている。ひとを見る目は相応に肥(こ)えていると自負していた。

正直、アイリは肉体を駆使してお客を操(あやつ)るような女性には見えなかった。むしろ夜の店には不釣り合いなほど純朴そうだし、素直な性格がお客に好かれているのではないか。

何よりも倫華と違い、他人の悪口など絶対に言いそうになかった。

「ま、いいわよ。クラブを売春宿だと思ってるようなスケベオヤジに、こういうお店で飲む資格はないもの。あたしのほうから願いさげだわ」

ふたりに肉体関係があると決めつけ、自分に相応しくないと拒絶する。イソップ童話に出てくる、『あのブドウは酸っぱいに違いない』と負け惜しみを言うキツネを、修一郎は思い出した。

「じゃあ、倫華さんは――」

お客と寝ないのかと質問しかけて、焦って口をつぐむ。それがどれほどの怒りを買うのか、すぐに悟ったからだ。

「あたしが何だっていうの？」

倫華が聞き咎め、睨んでくる。修一郎は水割りを飲んで誤魔化した。

しかし、彼女にはお見通しだったらしい。

「あたしは絶対にお客とエッチしないの。好きでもない男に、お金のために股を開くぐらいだったら自殺するわ。好きでこの仕事をしてるんだから、誇りは失いたくないもの」

そう言って、修一郎に蔑む眼差しを向ける。

「だからあなたも、あたしを指名していればいつかはなんて期待してるんだったら、さっさと諦めたほうがいいわよ。他の店に行くか、あいつみたいな尻軽を指名しなさい」

倫華の鋭い視線がアイリに向けられる。負けず嫌いゆえの決めつけはともかく、ホステスとしての矜持を守る心がけそのものは立派だ。

（――いや、だったら、自分のしたことは何なんだよ⁉）

胸の内で反発する。金のために肉体を与えるなら自殺すると言っておきながら、倫華自身は、ただのやっかみから柳瀬佳帆を辱めたのである。しかも、そのせいで佳帆は、自ら命を絶ったのだ。

間接的に殺したにも等しいことをしておきながら、よくも軽々しく自殺するなんて言えるものだ。どうせただのハッタリであり、いざとなればどんな手を使ってでも、この世界で生き残ろうとするに決まっている。

危うく口車（くちぐるま）に乗せられそうになり、修一郎は反省した。こいつの本性を忘れてはいけないと、肝（きも）に銘じる。

だいたい、ホステスとしての誇りなど、倫華には皆無だ。さっきからの接客態度は最低であり、自分のことしか考えていない。要は、男に美しさを称賛されることのみが大切なのである。

事実、その後も彼女の罵詈讒謗（ばりざんぼう）は止まらなかった。他のホステスが指名されるたびに、あのお客ももともと自分のものだったとか、あの女はブスのくせにメイクもなっていないとか、あいつは店長にカラダを売って時給を上げてもらってい

ると か、さんざんな言いようであった。

修一郎はかなりの忍耐を振り絞り、倫華に長く付き合った。その間、彼女に他からの指名は一切かからなかった。

それこそアイリだって、後から来たお客に指名され、最初の男の席を離れたぐらいなのに。夜が深まり、店が満席に近くなると、他のホステスもあちこちに移動して忙しくしていた。

(北野倫華が店のナンバーワンってのは、あくまでも過去の話なんだな)

おそらく最初のうちは、誰にも引けを取らない美貌を売り物に、トップの座におさまっていたのだ。

ところが、彼女は見た目がいいだけで、中身はひととして最低レベル。新人の頃は、生意気で高慢ちきなところも若さゆえだと好意的に受け止められ、お客がついたのだろう。しかし、そんなことが長く続くはずがない。

おそらく、今では倫華を指名する男など、珍しいぐらいなのではないか。事情を知らない一見の客が、こんな美人と飲めるならと指名する可能性はあっても、間違いなく一度限りで終わりだ。不遜な態度で悪口ばかり聞かされたら、誰だって嫌になる。

（だとすると、まずいな）

彼女の凋落は自業自得であるが、そのせいで収入が先細っていたら、賠償金を取れない。

修一郎は倫華を、こんなに美人だから店でも人気者なんだねと褒めそやし、プライベートをそれとなく訊ねた。すると、好きなブランドをいくつも並べ、エステやファッションにかける金額から、普段どれだけいいものを食べているのかまでひけらかした。さらに、住んでいるマンションの家賃までも。

やはり彼女は浪費家だった。ホステスという職業柄、見た目にお金をかけるのは当然あるべき自己投資ながら、それ以外にもお金を湯水のように使っている。貯金なんてほとんどなさそうだ。

（このことを知ったら、山代判事はどうするのかな）

修一郎の役目は調査や、表の稼業と同じく強制執行である。しかし、ないところからお金は取れない。

その場合、「被告」に稼いでもらうことになるのだが、倫華にできることなど限られている。というより、真っ当な仕事など不可能だ。

ならば、闇の世界でからだを売らせればいい。美人だから、抱きたいと手を挙げる男は山ほどいるだろう。

気の毒な少女を男にレイプさせ、自死に追いやった血も涙もない女には、そのぐらいのことをさせてもかまうまい。まさに因果応報だ。忠雄も同じようなことを考えているのではなかろうか。

普段は温厚で、地裁でも人情に厚いと評判の彼だが、ゼロ地裁では非情な判決を下す。そんな場面を、修一郎は何度も目にしてきた。

悪事を働き、償いもせず逃れようとする輩を、忠雄は絶対に許さない。そもそもゼロ地裁は、そんなやつらを裁くために存在しているのであるが、彼はその精神をしっかりと受け継いでいる。

よって、裁判長に任命されたのも当然だ。

おそらく倫華に対しても、確実に賠償金を取れる方法を選ぶだろう。可能なら ば自らのしたことを悔い、反省するように仕向けるはず。

（まあ、こいつが反省するとは思えないが）

フルーツの盛り合わせばかりか、フォアグラパテのオードブルに、キャビアを添えたローストビーフまで注文した倫華は、修一郎を無視して舌鼓を打っている。ドリンクもすでに五杯目だ。

制限なしのカードだから、支払の心配はない。気になるのは金額ではなく、本来なら正義を執行するためのお金で、悪人が悦に入っていることだ。

もっとも、今日のこれで金払いのいいお客を得たと、彼女の評価が店で上がれば無駄ではなくなる。お払い箱になり、悪評が伝わって他の店でも雇ってもらえず、無一文になったら困るのである。

（いずれこのぶんも含めて、きっちり払ってもらうからな）

心の中で宣告したとき、倫華が顔をあげる。アルコールが回ったのか、目つきがトロンとしていた。

「ねえ、お酒と食べ物で満たされると、次はアレをしたくなるよね」

「え、アレって？」

「わかんないの？　エッチに決まってんじゃん」

修一郎は思わず天を仰ぎたくなった。彼女は明らかに、その行為へ誘っていたからである。

「お客とは寝ないんじゃなかったの？」

本人が口にした信条を蒸し返すと、目が淫蕩に細まった。

「店を出たら関係ないじゃん。ただの男と女なんだから」

倫華が尻をずらし、距離を詰めてくる。修一郎は逃げ出したくなるのをぐっと堪え、余裕のある態度を崩さなかった。

「じゃあ、何度もしたことがあるんだね」

口調がいくらか厭味っぽくなってしまったものの、彼女は気にも留めなかった。酔うと本音が出るタイプらしい。

「お客とは、そんなに多くないわよ。オジサンばかりだから。アフターで飲んだ先でいいオトコを見つけて、そこで鞍替えってのが多いかな」

相応の金を払って女の子を連れ出したのに、別の男と逃げられたら、お客は憤懣やるかたないであろう。指名がなくなるのも当然だ。

「だいたい、誰だって気持ちいいことは好きでしょ。あたしは美人だから男に不自由しないし、誰と何回したのかも憶えてないわ」

露骨な告白が始まる。倫華はティーンの頃から気に入った同級生ばかりか、先輩や教師までも、肉体で言いなりにしていたそうだ。

(まさかそのせいで、学校のいじめ調査が進まなかったのか?)

担任や生活指導の男性教師、あるいは管理職とも寝たのなら、手心を加えられてもおかしくはない。そして、自身が性に奔放だったからこそ、被害少女の純潔を奪うなんて真似が平気でできたのだ。

倫華の話では、セックスこそしなかったが、手でサービスしてあげたら、犬みたいに尻尾を振るようになった男もいたという。それが佳帆を犯した少年のことだというのは、彼女の次の言葉で明らかになった。

「なのに、最後は裏切りやがって……あいつだけは絶対に許さないんだから」

吐き捨てるように言い、ドリンクをあおる。すぐさまボーイにお代わりを注文した。

（まったく反省してないんだな）

少年の名前は、たしかカツヤだった。レイプしたのは倫華にそそのかされたからだと証言したのを、未だに根に持っているようだ。

つまり、自身の行ないを、少しも悔やんでいないのである。

（美人ほど自分を安売りしないと思ってたけど、この女は逆か）

告白を聞く限り、奔放以上に多情である。セックスが根っから好きであることが窺えた。仕事のために男と寝ないなんて言いながら、仕事を離れれば男三昧だったわけだ。

さっき密かに考えたように、男たちの慰み者に堕としても、苦痛を与えることにならない。逆に喜ばせる可能性がある。それでは罰として成り立たない。

「あたし、あなたみたいにがっちりした体格の男、けっこうタイプなんだよね」

上目づかいで見つめられ、修一郎は返答に窮した。

5

「――なるほど。北野倫華の貯えは期待できないか」

忠雄が眉間にシワを刻む。もっとも、そのぐらいは予想していたと見え、驚いた様子はない。

三日後、地下のゼロ地裁に集った三人――忠雄と修一郎と藤太――は、いつもの会議室で今後の計画を練った。

「いちおう六本木の、他の店でも聞き込んでみたんですが、倫華の悪名はかなり広まってますね。美人だから目立つし、やっかみで悪い噂を流された部分も無きにしも非ずでしょうが、証言のほとんどは男性スタッフでしたから、間違いないと思います」

「つまり、他の店で稼がせるのも無理ってことだね」

「六本木を離れれば雇ってもらえるでしょうが、それは本人が良しとしないでしょう。話し振りからして、六本木で勤めることにこだわりがあるようでしたから」

「美人は自分を安く見られることを、何よりも嫌うからねえ」

藤太が納得顔でうなずく。人生の先輩の言だけに説得力があった。

「それから、客と寝ないなんて偉そうにほざいていたくせに、とんだ男好きでした」

修一郎が吐き捨てるように言う。ティーンの頃から男たちをからだで支配していたこと、かなりのセックス好きであることも話した。

「ひょっとして、谷地君も誘惑されたんじゃないのかい？」

藤太の悪気のない問いかけが、修一郎の表情を険しくさせる。

「ええ、危ないところでした」

そのときのことを思い出したのか、ブルッと身震いした。

修一郎は請われるまま倫華のアフターに付き合い、ホテルへ連れ込まれそうになった。そのとき、こんなところでしたくない、部屋を見せてほしいと告げたのは、彼女の暮らしぶりの裏付けを取るためであった。

倫華は『いいわよ』と即答した。好みの男と抱き合えるのなら、自分の城に招くのも厭わないらしかった。よって、マンションの玄関を解錠するパスコードを見られていたことにも気づかなかった。

高層マンションの、都会の夜景が一望できる部屋に招かれる。目の前で素っ裸になった彼女がシャワーを浴びるあいだに、修一郎は室内を調べて贅沢三昧の暮らしぶりを確認すると、急いでその場をあとにした。

裸まで見せたのに、男に逃げられたと知った倫華は、怒り狂ったであろう。けれど、二度と会うつもりはないから関係ない。むしろ、少しでも傷ついたのなら、いい気味だと思った。

「そういう女ですから、仮にからだを売って稼がせたところで、屁でもないでしょうね。むしろ男に求められて増長するだけだという気がします」

修一郎の言葉に、忠雄がうなずく。

「まあ、その程度じゃ生ぬるいと思っていたけどね」

やはり同じ刑罰を考えていたようだ。

「とにかく、必要な情報は手に入ったから、ちょっと先生に相談してみるよ」

「ああ、それがいいですね。美人の本音は、美人に訊くべきでしょう」

忠雄が同意し、修一郎が首をかしげる。

「先生って、歌舞伎町のミズズ先生ですか？」

　これに、忠雄が渋い顔を見せた。

「美鈴先生だよ。ミスズなんて言うと、また叱られるぞ」

「あ、すみません」

　修一郎が首を縮めたのは、本人の前で名前を間違え、キツい言葉を浴びせられたのを思い出したからだ。そのくせ、一度間違えて憶えたために、たびたび口から出てしまう。

「今夜にでもさっそく行ってみる。ところで立花さん、杉森和也は？」

　質問され、藤太が表情を曇らせた。

「本人は変わらずです。犯行動機についても探らせているのですが、まだこれといった情報が出てこなくて」

「そうか……まあ、焦ってガセネタを摑まされてもまずいし、慎重にやるしかないからね」

「ええ。あと、これは杉森とは別件なんですが」

「なんだい？」

「五嶋幸造の釈放がそろそろのはずです」

「え、五嶋が？」

驚きを浮かべた忠雄が、一転渋い顔を見せる。

「そうか……もう二年経つのか」

「五嶋って、あの連続強姦魔の？」

修一郎の問いかけに、藤太が「うん」とうなずく。

「北野倫華が男好きだって話を聞いて、思い出したんだよ。あっちは女好きというか、さらに極悪だがね」

「民事で損害賠償命令も受けてましたよね」

「本人に払う気があるか、かなり疑問だけどね。そもそも反省しているかどうかもわからないし」

「それは私も同じ意見だ」

ベテラン刑務官の見解に、忠雄も同意する。五嶋幸造が被告になった民事訴訟も、彼が裁判官を務めたのである。

「立花さん、杉森と合わせて、五嶋も気にかけておいてくれ。私の記憶に間違いがなければ、釈放は来月のはずだ」

「承知しました」

「その前に、北野倫華の件を片付けなくちゃな。では、方針が決まり次第、また連絡する」

会議室を出ようとした忠雄に、修一郎が声をかける。

「今日は奥さんに頼まれた買い物はないんですか？」

特にからかうつもりはなかったのだが、判事がギョッとした顔を見せたものだから、質問したほうが驚いた。

「――い、いや、今日はないはずだ」

真顔で答えられ、修一郎はふと思った。歌舞伎町の「美人女医」に会うと知ったら、買い物を忘れたとき以上に、彼は奥さんから責められるだろうなと。

もちろんそんなことは口には出せず、そそくさと立ち去る忠雄を無言で見送った。

眠らない街、新宿歌舞伎町――。

とは言え、まだ宵(よい)の口である。行き交うひとびとは多く、年代も様々だ。夜の繁華街にいるべきではない年頃の、少年少女の姿もある。

（ウチの子は大丈夫だよな……）

娘の親としては気になるところだ。長女は父親の仕事を軽んじても、道を誤りそうな気配はない。次女もいい子だし、心配はないと思うが。

それに、自宅があるのは北多摩（きたたま）の文教地区だ。凶悪犯罪と縁のない、平和な住宅街である。家族が穏やかに暮らせるようにと、その地に住宅を購入したのだ。

よって、通勤にも片道一時間かかる。平和な生活の代償だ。致し方ない。今夜は仕事で遅くなると連絡済みだが、遅くなりすぎたら、何をしていたのかと妻に勘繰られる恐れがある。用件は早く済まさねばならない。

そんなふうに考えるのは、これから女性と会うためでもあったろう。妙な関係に及ぶわけではないものの、相手がなまじ美人だから、罪悪感を覚えるのか。修一郎ではないが、忠雄も気にしているのである。妻の初美はなかなか鋭いところがあるから、尚さらに。

繁華街を抜け、明治通りに近づく。そこに目的地たるマンションがあった。

別名、ヤクザマンション。住んでいるのが暴力団関係者や半グレの首謀格など、ヤバい方面のひとびとであることからそう呼ばれている。そのため、都心にもかかわらず、家賃は高くない。

いかにも怪しげな連中がたむろする玄関を避けるように、忠雄はマンションの裏手に回った。そこには「関係者以外立入禁止」と表示された鉄製のドアがあり、鍵もかかっていて外から開けられない。

忠雄は携帯を取り出して電話をかけた。執務室の引き出しに隠してあった、例のガラケーである。今日は必要があって持ち出したのだ。

「山代です。到着しました」

短く告げた数秒後、鉄のドアがガチャンと解錠される。忠雄は素早く中に身をすべり込ませ、ドアを閉めた。

入ってすぐが下り階段になっている。壁や足元のところどころに妙なシミがあるのを気にしながら降りれば、地下の入り口はガラス戸の自動ドアであった。

その向こうには、古びてはいるが白を基調にしたカウンター。見える範囲の壁も、白か淡い水色だ。

ヤクザマンションの地下にはそぐわない、清潔な印象のスペース。そこは医院であった。もっとも、それを示す看板もなければ、医師の名前も表示されていない。

なぜなら、非合法のモグリ医院だからだ。診療科目が示されていないのは、内科から外科、耳鼻科から婦人科に至るまで、すべて診るからである。

それも、たったひとりのドクターが。

自動ドアが開き、奥へ進む。表示のないドアに突き当たったが、そこが診察室であると、何度も訪れている忠雄は知っている。

「失礼します」

声をかけて中に入れば、デスクの脇に白衣を羽織った女性がいた。肘掛け椅子に腰掛け、黒いミニスカートから伸びた美脚を高く組んでいる。

大人の色気が匂い立つ美貌は、どこか現実離れしており、エキゾチックでもある。それもそのはず、肩にかかった長い髪こそ艶やかな濡れ羽色だが、彼女は日本人ではない。

「山代さん、お久しぶりね」

妖艶な微笑を浮かべた美女の名は、美鈴という。姓は不明で、そもそも本名かどうかすらわからない。

さらに言えば、出身国も定かではなかった。

日本語は流暢で、外国人に有りがちな訛りは皆無だ。けれど、日本人ではないと、本人が明言している。名前や顔立ちからして中国系と思われるが、訊いても答えない。

いつだったか、身元を明かさないのは、知られたら母国から殺し屋がやって来るからだと、彼女が冗談めかして言った。案外本当なのかもしれない。

確かなのは、どこの国の出にしろ、そこの医学部で過去に類を見ないほど優秀な成績をあげたことだ。事実、あらゆる症例をミスなく診察し、メスを振るえば神業（かみわざ）なのだから。

おまけに、薬学の知識も豊富である。薬品開発について多くの製薬会社にアドバイスをしているため、どんな薬でも手に入るルートを持っているという。

本来なら医師として働くことはもちろん、この国で暮らすことすら認められないのである。何しろ不法滞在なのだから。

にもかかわらず、大っぴらではなくとも医院を開業できているのは、政府や司法の重鎮の命を何度も救っているからだと聞いている。そして、咎められることなく医師を続けられる条件のひとつが、ゼロ地裁への協力だった。

ちなみに、歌舞伎町で開業しているのは、ちゃんとした医者にかかれない連中が山ほどいるためである。おまけに、彼らは金も持っている。一回の手術で、開業医の年収近い報酬を得ることもあるそうだ。

その一方で、お金がなくて困っている患者からは、一銭も取らない。医は仁術と心得ている。

そんな美鈴には、忠雄も一目置いている。医学的なことだけでなく、罪人たちにどう対処するべきかを相談することもあった。

今日も北野倫華の件について、彼女にアドバイスを求めに来たのである。

「こんな夜分に申し訳ない」

忠雄は頭を下げた。

顔をあげても、美鈴を真正面から見ることにためらいを覚えたのは、はだけた白衣の内側に着ている赤いブラウスのボタンが、胸元まではずされていたからだ。透けるような白い肌と、乳房のくっきりした谷間が、これ見よがしにアピールされている。

もっとも、彼女のセクシーな装いを目にするのは、これが初めてではない。というより、いつもこんな感じなのだ。

(これじゃ、男の患者は症状を訴えるどころじゃないな)

欲情して目を血走らせるあいだに、手遅れになるかもしれない。

だが、美鈴は暴力団組員を前にしても怖じ気づくことなく、ズバズバと好き放題まくし立てると聞く。色香に惑う不埒な患者など、長い脚で蹴り飛ばすのではないか。

（そもそも美鈴さんは何歳なんだろう）

女性に年を訊くのは失礼だとわかっているが、どうにも気になるところである。経歴からして、相応に年を重ねているはずなのに、三十そこそこにしか見えないのだから。

自分で自分を整形しているのかもしれないと、忠雄は常々考えていた。そっちの腕も、テレビで有名な整形外科医が兜を脱ぐほどなのだ。

「ところで、階段のところ、またシミが増えてるみたいだね」

「こないだ撃ち合いがあったのよ。ヤクザが何人も運び込まれたから、そのときに血がついたのね」

物騒なことを、顔色ひとつ変えずさらりと述べる。美人なだけに、ホラー顔負けの恐ろしさがあった。

「まあ、そんなことはともかく、以前にも話した北野倫華の件なんだが」

美鈴の前の丸椅子に腰掛け、忠雄は現状をすべて伝えた。賠償金を取り立て、尚かつ本人に反省させるすべがないものか、悩んでいると。

「なるほどね」

美人女医が腕組みをする。バストのふくらみと谷間が強調され、忠雄はそれとなく視線を逸らした。

「手っ取り早いのはカラダで稼いでもらうことだけど、それだと反省させるのは無理みたいね」

「そうなんだよ」

「だけど、重要なのは遺族への弁済でしょ。この際、お金を最優先にしたら？」

「……いや」

忠雄は顔を歪め、かぶりを振った。

「遺族が真に望んでいたのはお金じゃない。加害者の後悔と贖罪なんだ。ただ金を得るだけなら、それこそ人身売買組織に売り渡したっていい。だけど、それじゃ意味がないんだよ」

噛み締めるような述懐に、美鈴が腕組みをほどいた。組んでいた美脚も下ろし、感心した面持ちでうなずく。

「山代さんって、本当に真面目なのね。さすが裁判官って感じだわ」

「からかわなくてもいいよ」

「からかってなんかないわ。ま、山代さんがそういうひとだから、わたしもゼロ地裁に協力するんだけど」

笑顔を見せた彼女が、ふと真剣な眼差しを向けてくる。

「山代さん自身にも、北野倫華を改心させたい気持ちがあるんじゃない？」

忠雄は答えなかった。おそらくそうなのだと、自分でもわかっていたからだ。

自らが娘の父親であり、自殺した柳瀬佳帆の悲嘆や絶望を思うだけで、胸が張り裂けそうになる。もしも我が子が同じ目にと考えるだけで、全身が怒りに震えるほどであった。

佳帆の両親も、耐え難い苦しみと悲しみを抱えているに違いない。それでも復讐ではなく、加害者の改心を願った。娘の死を無駄にしないためにもと。

だからこそ、その高潔な思いに報いたい。

「まさか、加害者が若い女だから手心を加えたいわけじゃないわよね」

「そんなわけないだろ」

「だけど、山代さんって娘さんがいるでしょ。自分の子供が、もしも誰かをいじめたらって考えたことない？」

心臓が不穏な高鳴りを示す。加害者の親の立場になった場面を、一度も想像しなかったわけではないからだ。

幼い次女はともかく、長女の真菜美については、学校で誰かをいじめてやしないかと疑念を抱いたことがある。優等生であるが、だからこそできない子たちを馬鹿にするかもしれないと考えたのだ。父親の仕事を下に見るみたいに。

それでも、本気で疑ったわけではない。親として、根はいい子だと信じているし、信じたい。

(北野倫華も、あんな親じゃなかったら、あそこまでねじ曲がらずに済んだのかもしれない)

自惚れと自己愛の強い歪んだ性格は、単純に本人の資質だけだとは言い切れない。周囲の影響、特にずっとそばにいた親が育んだ部分もありそうだ。

にもかかわらず、彼女の両親は裁判の費用を出しただけで、訴訟が終わると完全に見限ってしまったのだ。あのとき、娘の代わりに賠償金を払うと親が申し出たら、倫華も思うところがあっただろうに。

ところが、突き放されたことで、ますます依怙地になったところがあるように思う。

水商売の世界に飛び込んだのも、男にちやほやされたい気持ちがあったのは確かながら、親への当てつけだった可能性がある。あんな事件のあとでは、芸能関係の仕事は無理だったろうし。

そう考えると、倫華にも同情すべきところがある。

（それでも、自分がしでかしたことへの償いはしなくちゃいけないんだ――）

ひとりの命を奪った罪の重さを知り、後悔させねばならない。それにはどうすればいいのか。

「ようするに、北野倫華に反省させたいんでしょ」

「ああ、うん」

「だったら、まずは本人が大切にしているものを奪うべきね。それを生きる頼みにしているぐらいに、なくてはならないものを。そのぐらいしなくちゃ、小生意気な若い女は心を入れ替えないわよ」

「大切なもの？」

忠雄は首をかしげた。

6

ずいぶん長く眠っていた気がする。夢も見ないで。

（――え？）

北野倫華が目を覚ましたのは、無理やり立たされたからだ。有無を言わさず何かを摑まされ、渋々腰を浮かせる。

その間、何も抵抗できなかったのは、頭がボーッとして、状況が吞み込めていなかったためだ。それに、立っているのがやっとというぐらい、からだに力が入らない。

おまけに、目を開けているはずなのに、何も見えなかった。

（あたし、たしかお客とアフターで……）

指名してくれたその客は、温厚そうな顔立ちで、年は還暦近いと思われた。身なりがよく、スーツも高級仕立て。金払いもよかった。社名は明かさなかったが、経営者だと言ったから社長なのだ。

アフターを求められて応じたのは、久々にいい金づるを得られそうだと思ったからだ。自分よりも容姿の劣る同僚に客を奪われ、収入が目に見えて減っていたため、これで挽回できると思った。

店を出たあと、倫華は黒塗りの大きな車に乗せられた。そこには秘書だという、やけに色っぽい美人も乗っていた。さすが社長だなと感心したとき、秘書の女に首のあたりを触れられ、チクッと痛みを覚えた。

それからあとの記憶がない。

（つまり、拉致されたってこと？）

あの社長、そんな悪事を企む人間には見えなかったのに。まさか人身売買組織の親玉で、自分は外国にでも売り飛ばされたのだろうか。

社長に扮していたのが刑務官の藤太で、秘書を名乗った美女が美鈴であることなど、倫華は知らない。想像をふくらませて恐ろしくなったところで、

「開廷！」

男の声が重々しく響く。続いて、頭にかぶせられていた布袋らしきものが取られた。そんなものがあったなんて、はずされて初めて気がついた。

次の瞬間、正面の斜め上から強い光が照らされる。

「ううっ」

倫華はたまらず呻いた。闇に慣れていた目に、それはあまりに眩しすぎたのだ。

（……何なのよ、もう）

頭がはっきりしてくるにつれ、怒りがこみあげる。どこにいるのか定かではな

く、恐怖と同時に苛立ちも募っていたのだ。外国人の声ではなく、ここが日本だとわかって安心したためもあった。

光を避けるように俯いた彼女の視界に、自身が摑まっているものが入る。それは半円形の柵であった。古めかしい色合いの木で造られており、同じものをどこかで見た。

(これって、裁判のときの？)

倫華が呼ばれた民事の法廷にはなかったが、何かで見た裁判の場面で、被告人がこんなものの内側に立たされていた気がする。実写でなく、漫画かイラストだったろうか。

そこまで考えて、ようやく気がついた。

(さっきの『カイテイ』って、『開廷』のこと?)

つまり、自分はまた、裁判所に呼ばれたというのか。もう終わったはずなのに、いったいどうして。

目が慣れて、ようやく正面にあるものが見えてくる。民事法廷でも目にした裁判官席だ。

あのときは手前に書記官とかいう若い女がいたが、その席はない。おまけに、裁判官の位置がやたら高い。

そこに坐っているらしき人間は、背後から照らす光源のシルエットになり、顔がまったく見えなかった。

「誰よ、あんた⁉」

苛立ちと憤(いきどお)りにまみれて、倫華は声を荒らげた。それに対する返答はなく、代わりに、

「北野倫華。お前はかつて、同級生であった柳瀬佳帆を、集団を率いて恫喝(どうかつ)した。卑猥な行為をさせたばかりか、その姿を撮影させ、他者の目に触れるＳＮＳ上にアップロードするよう仲間に命じた。さらに、現場に呼び寄せたタカノカツヤに柳瀬佳帆を陵辱させたのだ。絶望した柳瀬佳帆が自ら死を選んだのは、すべてお前に責任があり、償いをする義務がある」

低いがよく通る声で断罪される。

「な、なに言ってるのよ」

わずかにうろたえたのは、あの件を責められるのが久しぶりだったためもあった。あれから多少は大人になり、自身の行為を省(かえり)みることも皆無ではなかったから、動揺したのである。

けれど、それこそ恫喝でしかない大袈裟な茶番に付き合わされ、反省よりも怒りが増す。拳を振りあげて飛びかかりたくなったが、それは不可能だった。

なぜなら、両方の足首と手首が拘束されていたからである。電子錠らしきものがはめられ、そこから伸びたワイヤーが、すぐ前の柵に固定されている。状況を呑み込む余裕がなかったため、今さら気がついたのだ。

「あたしをどうするつもりなのよ？」

さすがに恐怖を覚え、声が震える。それでも柵を握りしめ、足を踏ん張ったのは、こんなやつに服従してなるものかという負けん気ゆえであったろう。

「お前には、義務を果たしてもらう。民事訴訟で命じられた賠償金の全額を、遺族に支払うのだ」

「そんなお金、どこにもないわよ。あったとしても、絶対に払わないからね」

反駁を口にすることで、目の前の男への敵意がふくれあがる。誰が従うものかと、ほとんど喧嘩腰であった。

「だいたい、どうしてあんたに、そんなことを命令する権利があるのよ。あたしをこんなワケのわからないところに引っ張り出して。そっちこそ、誘拐と監禁で有罪じゃない。あと脅迫と、人権ジュウリンと——」

とにかく怯んだら負けだとまくしたてる。しかし、シルエットしかわからない男は動じなかった。

「強制執行は法律で認められている。そもそも賠償金を払わない、お前に非があるのだ」

「ふざけんじゃないわよ。あの裁判自体、出鱈目(でたらめ)の嘘っぱちじゃない。あたしはゼンゼン悪くないんだからね。それに、たかがブスがひとり死んだだけでしょ。この世から醜い女が減ったわけだし、いいことじゃない。むしろ感謝されてもいいぐらいだわ」

「黙れ！」

一喝に、倫華は背すじをピンと伸ばした。それほど大きな声ではなかったのに、五臓六腑(ごぞうろっぷ)に響き渡るほどの迫力があったのだ。

「今の暴言を、これからはお前自身が浴びることになる。己のしたことを悔い、深く反省するんだな」

脇に何かが運ばれてくる。女だ。背格好が自分と変わらないぐらいの。

それを見て、倫華は顔をしかめた。

「ちょっと、またブスをつれてきたの？　いい加減にしてよ。吐き気がす――」

言葉が出なくなったのは、あることに気がついたからだ。自分がしゃべるのと同時に、その女も口を動かしたのである。

それが姿見に映った自分だと理解するのに、そう時間はかからなかった。

「う、ウソ――あああ、あ、あたしの美しい顔をどこにやったのよ⁉」

「どこにもやっていない。その鏡に映った顔が、お前の顔だ」

「いやぁあああっ！」

倫華は悲鳴をあげた。

顔を覆いたかったが、手首を拘束されているためにできない。泣き叫ぶことで歪み、醜さを増した己の容貌を見せつけられる。

これはトリックだと思いたかった。鏡に細工して、歪んで映るようにしてあるだけだと。

けれど、顔の向きを変えても位置をずらしても、悪変（あくへん）された面容は変わらない。ボロボロとこぼれる涙も、頬を不自然に伝ってはいなかった。

つまり、これが現在の、自分の顔なのだ。

「お前が最後に店を出てから、すでに十日以上経っている。今もからだに力が入らないだろう。長く眠らされていたせいだ。それだけ大がかりな整形手術だったからな」

「も、戻して……あたしの顔を、元に戻して」

しゃくりあげながら訴える倫華に、裁判官が答える。

「戻してやる。但し、賠償金を払い終えたらな」

「ど、どうやって？　こんなブス顔じゃ、もうお店で働けないじゃない」

「心配するな、北野倫華。お前はこれから六本木のクラブではなく、歌舞伎町のブス専キャバクラで、住み込みで働くのだ。賠償金を稼ぐまで」

「ブス専——す、住み込みって、あたしにはちゃんと部屋が」

「あのマンションなら、とっくに解約した。店にも辞めると伝えてある。何も心配する必要はない」

「か、勝手なことしないでよ！　顔をこんなにしたばかりか、あたしの人生までメチャクチャにして」

「お前は柳瀬佳帆の人生そのものを奪ったんだ。生きられるだけ、まだマシだと思うべきだ」

冷淡に告げられ、倫華は口をつぐんだ。なぜだか、自らがしでかしたことへの罪悪感が募ったのだ。顔ばかりか、性格にまでメスを入れられたみたいに。

「嫌なら逃げればいい。だが、顔は一生そのままだ。お前の顔を元に戻せるのは、その手術をしたドクターただひとりなんだからな」

手術の腕前が確かなのは、倫華にもわかった。傷跡ひとつ残っていないし、元からこの顔だったのかもしれないと、自分でも疑うぐらいの仕上がり具合だったのだ。おまけに表情を変えても、痛みがまったくない。

「……わ、わかりました。働いて、賠償金をちゃんと払います」

すっかり従順になったのは、自信の源だった美貌を奪われたせいなのか。俯いた彼女の頬を伝った涙が、柵に摑まる手の甲に落ちた。

「では、償いを実行してもらう」

正面の明かりが消える。倫華の頭に、再び布袋らしきものがかぶせられた。続いて、首にチクッと痛みが走る。

あのとき、乗り込んだ車の中で、薬か何かを注射されて意識を失ったのだ。今また同じことをされて、倫華は悟った。ただ、今回は緩やかに力が抜けていく感じだった。

誰かにからだを支えられる。手足の拘束も解かれたようだ。今なら逃げられるかもと思いかけたものの、そんなことをしたら顔を戻してもらえない。言われたとおりにするしかないのだ。

（だけど、あの顔……）

鏡に映った、様変わりした己の容貌。あまりの醜さに絶望しつつも、騙し絵みたいにもうひとつの顔が浮かんだ気がしたのだ。

それが誰の顔なのか、今はわかる。柳瀬佳帆だ。

さんざんブスと罵ったが、佳帆がそこまで不細工ではないのは、誰よりも倫華自身が知っている。むしろ、困ったときやはにかんだときの面立ちは、守ってあげたいと思わせる愛らしさがあった。あれは本人の純粋な性格が映し出されたものだったのだろう。

よって、女子を外見だけでなく、内面も合わせてちゃんと見ている男子には、魅力的に映ったらしい。

『柳瀬って、けっこう可愛いよな』

男友達とのやりとりの中でそう言ったのは、倫華が密かに想いを寄せていたクラスメートだった。セックスをする相手は選ばないのに、倫華は本当に好きな男子には告白などできなかったのだ。

その言葉を耳にして以来、佳帆は倫華の敵になった。仲間に彼女の行動を探らせ、年上のイケメンと一緒にいたと知ったとき、積もり積もった怒りが爆発したのである。

あたしの好きな子を取っておいて、他の男となんて――。

嫉妬を募らせていたからこそ、あそこまで残酷なことができたのだ。

男にヤラれて泣くのを目の当たりにして、いい気味だと思った。自殺したと知り、まずいことになったと焦りはしても、佳帆に対して申し訳ないなんて気持ちは微塵もなかった。

だが、これからは鏡を見て嘆くたびに、彼女を思い出すことになるだろう。

似ても似つかない醜い顔に、どうやってあの子の顔を織り込んだのか。そんなことができるのは、かなりの名医に違いない。

つまり、自分の顔を戻せるのは、そいつだけなのだ。

ブス専キャバクラなるところが、どんな店なのかはわからない。あの裁判官の言葉からして、ブス好きからちやほやされるのではなく、ブスを肴にして罵る店ではなかろうか。

(でも、言うとおりにするしかないのね……)

諦めの境地に陥ったとき、倫華は闇の底に沈んだ。

第二章　悪意が奪うもの

1

あいつが出てくる――。

望月琴江は湧き起こる震えを抑え込むように、我が身を抱きしめた。

あれから三年以上経っている。なのに、心の傷は少しも癒えない。むしろ、月日を重ねるごとに深まっている気がする。

あの最悪の出来事を忘れるなんて不可能だ。これから一生苦しみ、怯え続けねばならない。

そう考えると胸が苦しくなり、吐き気を覚える。やはりもう、終わりにするしかなさそうだ。

ここ一ヶ月近くのあいだ、琴江は死に方を探していた。自分に相応しい最期を迎えるための方法を。

どんなふうに死のうが、結局は一緒だ。いずれ肉体が滅び、塵となってこの世から消え去るのだから。

まして、自分みたいにくだらない人間は、誰の記憶にも残らない。待っているのは完全なる無である。

ならば、どうやって死のうか悩むなんて意味がない。

そんなことは、もちろんわかっている。けれど、不本意で理不尽だった人生。せめて納得のできるラストにしたかった。

その一方で期待もあった。死に方を模索するあいだに、虚しくなってほしいと。

どうせいつかは死ぬのだし、わざわざ自分で終わらせなくてもいい。そんなふうに悟り、思いとどまるのを願った。

ところが、そんな心境になりかけるたびに、あいつの顔が浮かんだ。下卑た笑みと、生臭い息と、饐えた汗の匂いも蘇る。琴江は何度も嘔吐した。

おかげで、生きることに疲れてしまった。一刻も早く、この苦しみから逃れたい。それにはやはり、命を絶つしかないようだ。

様々な自殺の名所をネットで探すと、決まってこんな文言が目に入った。

【あなたはひとりじゃない】

【悩みがあったら相談して】

相談できるぐらいなら、とっくにそうしている。

そもそも誰かに相談できる人間は、自殺などしない。誰にも頼れず、どうしようもないところまで追い詰められたからこそ、死を選択するのである。相談しないなんて軽々しく言える連中は、そのことをわかっていない。

それに、相談して解決できる問題でもない。すでに起きたことは取り消せないのだ。気にしないでとか、強くなれとか、精神論で誤魔化されて終わりである。

あの日、琴江はレイプされた。五嶋幸造という男に。

当時、大学生だった琴江は、派遣型の風俗店でアルバイトをしていた。

セックスこそしなくても、性的なサービスをしてお金を稼ぐことに、抵抗がなかったと言えば嘘になる。だが、両親と祖父母が同居する郷里の家は、裕福ではない。弟もいるし、学費や生活費をすべて出してもらうのは難しかった。まして、自ら望んで東京の大学に進学したのである。

加えて、琴江は奨学金も借りていた。将来の返済を考えて、少しでも貯えておく必要があった。

よって、短時間で高収入が得られる風俗は、学業にも支障が出ず、理想的だったのだ。

琴江は、あくまでもお金のためと割り切った。かと言ってビジネスライクに振る舞ったら、指名してもらえない。そこそこに愛嬌を振りまいて、男たちを満足させた。

思った以上に体力を使うのと、危険と隣り合わせであることは、体験入店のときから店長や、同じ店で働く女の子たちに教えられた。施すサービスの性質上、どうしても無防備になりがちだから、決して油断しないようにと。

琴江はうまくやってきたつもりだった。本番を求められたり、お客に少しでも怪しい素振りが見られたりしたら、すぐ店に連絡を入れた。何かあったときのために、防犯ブザーや催涙スプレーをバッグに忍ばせる念の入れようだった。

また、身分がバレるものは、仕事の場に持参しなかった。現役女子大生が売りで勤めていたものの、どこの大学か突きとめられたらまずい。風俗でのアルバイトが知られたら奨学金が停止されるし、大学にもいられなくなる。

そのため、大学関係者に遭遇しないよう、お客と派遣先は慎重に選んでもらった。店長やスタッフも、こちらの事情をちゃんと酌んでくれた。スマホも店から貸与された仕事用だし、必要最小限の現金以外、財布にはカードの類いも入れなかった。

おかげで、ねちっこくさわったり舐めたりする客や、料金を値切ろうとするセコい客に当たることがあったぐらいで、トラブルらしいものに遭うことなく続けられたのである。少なくとも、あの日までは。

五嶋幸造にレイプされたのは、彼に指名されて二度目に会ったときだ。

初対面の印象は、かなりよかった。体形こそややお腹が出ていたものの、四十路前後に見えたから、そのぐらいは普通である。

機嫌よくニコニコして、人好きのする穏やかな面立ち。おまけに、平凡な容姿である琴江を、可愛いと褒めてくれた。

何より安心できたのは、自宅であるマンションに呼ばれたからだ。おまけに、支払いも事前のカード決済であった。つまり、素性があらかじめわかっていたのである。

ホテルに呼ばれる場合は、相手が偽名を使っていてもわからない。旅先だからと羽目をはずしがちな客も多いから、けっこう面倒なのである。

それにビジネスホテルだと、部屋まで行けず止められることが多い。また、ラブホテルだと何かあっても助けが呼びづらいし、こちらがシャワーを浴びているあいだに逃げられる恐れもあった。

客の立場としては、自宅に招くのは抵抗があるだろう。だが、訪問する側としては、どこの誰なのかがはっきりしている自宅のほうがいい。何かあっても、店がちゃんと対処してくれる。

まして二回目ということで、琴江はかなり気を許していた。

五嶋の部屋は、独り暮らしにしては広いほうだった。リビングダイニングと寝室があり、置いてある家具や電化製品を見ても、かなり裕福な暮らしをしているように映った。ＩＴ関係の仕事をしていると、彼はひけらかすでもなく教えてくれた。

その点も、琴江が警戒を解く理由になった。

だいたいにおいて悪事を働くのは、生活が不安定で自棄になった人間だ。恵まれた日々を送っている者は、自らの人生を台無しにする真似などしない。

そうやって安心しきっていたからこそ、五嶋に勧められた飲み物を、少しも疑うことなく口にしたのである。

意識が戻ったとき、琴江は全裸でベッドにいた。何かがからだの上に乗って、やたらと荒い息を吹きかけてくる。股間が妙にヌラつく感触もあった。

だが、頭がうまく働かない。自分がどこで何をされているのか、すぐにはわからなかった。ぼんやりした快さがあったから、夢の続きでも見ているような気分だった。

陵辱されたのだとようやく悟ったのは、五嶋が呻いて体奥に射精した直後であった。

どうやらあの飲み物に、レイプドラッグの類いが仕込まれていたらしい。琴江は悲鳴をあげ、彼を押し退けようとした。けれど、腕に力が入らず、声もうまく出せていなかったようだ。

『今さら抵抗しても無駄だよ』

爽やかに見えた笑顔が、邪悪なものへと変貌していた。

『琴江ちゃんが眠っていたあいだに、もう何回もしたんだから』

言われて血の気が引くほどの恐怖に苛（さいな）まれたのは、何度も犯されていたとわかったせいではない。仕事のときには名乗っていなかった本名を、彼が知っていたからだ。

そればかりか、五嶋は琴江の大学も、アパートの部屋も調べあげていた。店の近くで張り込み、尾行したという。

『こんなバイトをしているって言いふらされたら、大学に行けなくなるよね。そうなったら、郷里のご両親にどう説明するのかな?』

ニヤニヤと悪辣な笑みを浮かべての脅しに、琴江はからだじゅうの神経が麻痺するのを覚えた。あとは何をされても、抵抗ひとつできなかった。

行為のあいだ、ビデオカメラが回されていたのを知ったのは、ようやく満足した彼が離れたあとだった。

『お店のひとに言いつけてもいいけど、そんなことをしたらどうなるか、わかってるよね』

ＩＴ関係の仕事をしているから、身バレすることなく動画をネットにあげるのは簡単だと、五嶋はうそぶいた。何なら、琴江ちゃんの大学のサーバーにアップロードしようかと、小気味よさげに目を細めた。

本当にそんなことが可能なのかわからない。だが、こちらの身元を調べられ、恥ずかしい動画も撮られたのだ。地獄に突き落とされたに等しい絶望を味わっていたため、琴江は何を言われても為すすべがなかった。

『どうする？　警察に行くかい？　ま、風俗の女が何を言ったって、警察は本気にしないだろうね。仮におれが捕まっても、世間は琴江ちゃんに同情しないよ。自業自得だと思うだけさ』

愉快そうに嘲る五嶋に、もはや怒りも湧いてこない。本当にそのとおりだと思った。

アフターピルを渡されて、牡のケダモノ臭をまとったまま帰路につく。アパートの部屋に戻るとピルを飲み、琴江はシャワーを浴びた。

穢された肌を擦り剝けるまで洗いながら、何度も吐きそうになった。せっかく飲んだピルを出すわけにはいかないから、懸命に堪えた。

翌日、大学のゼミが忙しくなったからと言い訳をして、琴江は風俗のアルバイトを辞めた。そのまま続けていたら、また五嶋に指名されるに決まっているからだ。

指名してくれたのに、行きたくないなんて我が儘は通用しない。だからと言ってあのことを話すのも無理だ。店は対処してくれるかもしれないが、それは自らに災厄が及ぶのと同義である。

ただ、店を辞めたから安心だとも言えない。彼はこちらの名前も住所も、大学も知っているのだ。

いつどこで待ち伏せて、声をかけてくるかわからない。あの動画を拡散されたくなかったら、言うことを聞けと。

琴江は四六時中怯えて暮らした。アパートを出るときも、道を歩くときも、野生動物さながらに、周囲に目と耳を配った。部屋に入ってこられないよう、ドアと窓の鍵も増やした。

そんな中でも、ときにあの忌まわしい記憶が蘇り、恐怖とおぞましさでからだが震えた。涙もとめどなくこぼれて、いったいどうしたのかと友人に心配された。

いつしか外に出ることもできなくなった。自分の動画が拡散されているのではないかと思うと、他人の目が怖くて仕方なかった。

憎むべきは、五嶋幸造という男である。しかし、あんな事態を招いたのは、風俗なんかでアルバイトをしたせいだ。安易に稼ごうとした罰だと、自らを責めることもしばしばだった。

いくらアパートにこもっていても、住所を知られている以上、五嶋に訪問される恐れがある。居留守にしたところで、しょっちゅう来てドアでも叩かれようものなら、何があったのかと住人たちに勘繰られるだろう。実は風俗で働いていたと、五嶋にバラされるかもしれない。

だったらすぐにでも引っ越しをと思っても、アルバイトで貯めたお金には手をつけたくなかった。奨学金の返済があるからだ。

あの日、意識が戻った後も、琴江はさんざん慰み者にされた。自分は若いだけで、それほど魅力的なカラダではない。あれですっかり飽きて、もう抱く気にならないのではないか。そうであってほしい。

いずれ来るかもしれないという恐怖と、もう大丈夫という気休めを繰り返し、琴江は少しも落ち着かない日々を過ごした。友人や、ゼミの指導教官からのメールには、体調が思わしくないと偽りの返事をした。

実際、身も心もボロボロになっていたのである。

五嶋幸造の名前をネットニュースで目にしたのは、レイプされた三ヶ月後であった。琴江ではない別の女性への強制性交で逮捕されたのだ。

被害者はキャバ嬢であった。さすがに顔と名前は隠していたが、彼女は記者会見を開いて五嶋の手口を話した。来店して指名し、馴染み客になってこちらを油断させてから、アフターのときに薬を飲ませて自由を奪い、コトに及んだと。

自分のときとまったく同じであることに、琴江は唖然となった。やつは常習だったのだ。

被害者のキャバ嬢は、五嶋が口にした脅しの言葉も暴露した。

『オマエみたいな水商売の女は、どうせ尻軽だと思われてるんだから、訴えても無駄だって言ったんです』

その暴言が許せず、被害届を出すことにしたと、彼女は涙で声を詰まらせながら告白した。そして、同じ目に遭った女性は他にもいるはずだから、どうか一緒に闘ってほしいと訴えた。

五嶋はキャバ嬢との行為も撮影しており、結果的にそれが証拠となって逮捕されたようだ。家宅捜索では何種類ものレイプドラッグの他、女性たちの恥辱的な姿を記録した動画、静止画も多数発見されたと報道された。

しかしながら、他の被害者は名乗り出なかった。

そのせいか、五嶋に関する報道がめっきりなくなった。裁判の行方が気になった琴江は、被告席の彼に見つからぬよう、公判を傍聴した。

薬物や映像といった証拠はある。だが、レイプが親告罪ではなくなった現在でも、それだけでは逮捕できない。暴力的な言動は記録されておらず、合意の上だった、そういうプレイだったと反論されたら、覆すのは困難だ。

おまけに、訴えた被害者についても、性交の有無が立証されなかった。映像には、性器の結合部分までは映っていなかった。薬で朦朧としていたせいでそう思い込んだのだと、被告人側は主張した。

五嶋は、かなり有能な弁護士を雇ったらしい。入れ知恵もあったのだろう。アフターピルを渡したことについても、挿入しなくても精子が膣に入り込む恐れがあるから、念のためだったと述べた。

何より、琴江がそうしたように、被害者も事後にシャワーを浴びて、証拠となるものを完全に洗い流していたのだ。

もしも被害者が何人も現れて、同じことをされたと証言すれば、五嶋は性加害の常習者だと認められ、厳罰が下ったであろう。ところが、ひとりだけの訴えだったため、そういうプレイに慣れきって、ついやりすぎてしまったという彼の弁明が通ってしまった。

結果、強制わいせつと違法薬物の所持で実刑となったものの、前科がなかったため二年ちょっとの懲役。未決勾留分を引かれて、二年後には出られる。

当然ながら、被害者が納得できるはずがなかった。

高裁での審理を望んだが、検察は公判を維持できないと断念。被告も控訴せず、刑が確定した。それはネットニュースで小さく報道された。

その後、五嶋は民事で賠償金を求められたようだが、琴江には関係なかった。

五嶋のしたことが単なるプレイではなく、自分のような被害者がかなりの数いる。そして、彼女たちがどうして名乗り出なかったのかも、琴江にはわかる。

わたしと同じなんだわ——。

みんな、風俗や水商売などに従事していたに違いない。そういう女性たちを、五嶋はターゲットにしたのだ。何をされても、訴えることはあるまいと。

なぜなら、そんな仕事をしていればレイプされても文句は言えないと、逆に彼女たちが非難されるからである。

現に、訴えたキャバ嬢についても、ネット上に心ない言葉が溢れた。どうせ他の客ともヤッてるんだろう、純情ぶるな、などと。そんなものを目の当たりにして、どうして勇気が出せるだろうか。

もちろん琴江も口を閉ざした。報道で素性が明かされることはなくても、大学生のくせに風俗でアルバイトなんてと、罵られることに耐えられない。こちらの事情なんて、世間は慮(おもんぱか)ってくれなどしないのだ。

もう、これ以上、傷つきたくなかった。

五嶋が刑に服して、琴江はようやく安堵した。これであいつがやって来ることはない。安心して生活できる。

しかしながら、一度とは言えあんな目に遭ったのだ。琴江は男が近くにいるだけで動悸(どうき)がするようになっていた。

少しも落ち着かず、逃げるように距離を取ってしまう。挙動がおかしいと、周囲に思われているに違いない。

けれど、自分ではどうすることもできなかった。男を避けようにも、大学は共学である。同じゼミにもいるし、指導教官も男だ。

琴江は大学を休学した。健康上の問題という理由で。本当のことは、仲のいい友人にも打ち明けられなかった。

両親は実家に戻るようにと言ったが、休学はとりあえず半年である。一度アパートを解約したら、また住むところを探すのは、今の琴江にとって容易でなかった。それに、東京の専門医に診てもらっているからと言い訳をした。

実際のところ、医者になどかかっていなかった。問題があったのはからだではなくメンタルだが、心療内科や精神科の、どんな名医にだって治せまい。

時間が経てば心の傷は癒えるはず。記憶から消すのは不可能でも、日常生活を無理なく送ることはできるようになるだろう。

そう期待して、琴江は半分引きこもりのような暮らしを送った。外へ出るときも男を避け、女性がレジをしているスーパーやコンビニを利用した。

そのうち、気がついたことがある。男が近づくと心が乱れるのは、生理的な嫌悪感からではないのだと。

お金のためとは言え、風俗のアルバイトをしていたのである。中には好みに合わない、思わず顔をしかめたくなる見た目や言動の男もいた。

それでも変わらずサービスができたのは、警戒こそしていても、ひとりの人間として尊重しなければと思ったからだ。丸っきり信用ならない相手だったら、性器どころか、からだのどこにだって触れたくない。

五嶋に陵辱され、琴江は男が信じられなくなった。たとえ友人でも、身内であっても同じである。

五嶋も最初はひと当たりがよかった。お客としては過去一と言っていいぐらいだったのだ。

それだけに、裏切られたショックが大きかった。

どれだけ優しく接してくれても、男はその裏に、ドロドロした欲望を隠し持っている。いや、親切に振る舞うやつほど危ない。下心があるに決まっている。

そんな心境に陥ったら、真っ当な人間関係を維持するのは困難である。

半年経っても、琴江は復学できなかった。大学を卒業するためにアルバイトをしたのに、そのせいで人生を狂わされたなんて。あとには奨学金という名の借金が残った。

結局退学したと、親には言えなかった。責められるかもしれないし、少なくとも帰郷しろと命じられるだろう。

両親の前で、レイプされたことを隠し通せる自信がない。父親や弟も男であり、丸っきり以前のように振る舞うのは無理だ。

特に同性である母親には、見抜かれる気がしてならなかった。そうなったら、風俗でのアルバイトも知られてしまう。

琴江は、休学期間を延長したと連絡して誤魔化した。

大学は無理でも、せめて社会復帰をしなければならない。少しでも前に進む助けが得られたらと、琴江は性被害者が集う会合に参加した。近くに自助グループがあるのを、ネットで知ったのだ。

そこで他の女性たちの話を聞き、苦しんでいるのは自分だけではないのだとわかった。また、自らの体験と苦しみを打ち明けることで、気持ちもいくらか楽になった。

あのまま、ずっとひとりで抱え込んでいたら、ますます落ち込むばかりであったろう。茨（いばら）と闇の道を歩き続け、ようやく光が見えた気がした。

少しずつ、琴江は立ち直った。心の傷が癒えることはなかったものの、自分の人生を取り戻すべく行動した。会合で紹介された、女性だけが働くリサイクルショップでのアルバイトも始めた。

月日が流れ、琴江はバイト先では笑顔も見せられるようになった。しかし、平穏な時間は長く続かない。

五嶋の釈放が近づいていた。

会合の仲間に勧められ、また、必要な資金を借りられたこともあって、琴江は前のアパートから引っ越していた。仮に五嶋が訪ねてきたところで、そこにはもう自分はいない。大学も辞めたから、現在の居場所を突きとめられることはないだろう。

それでも安心できない。幽閉されていたはずの悪魔が、世に放たれるのだ。大勢の人間が群れる東京にいても、いつどこで顔を合わせるかわからない。

いや、あいつなら、邪悪な嗅覚で嗅ぎつけて、ここまでやって来る恐れがある。

刑務所暮らしで反省したなんて思えない。むしろ自由を奪われた鬱憤を晴らすべく、犯した女たちを探し当て、同じことを繰り返すに決まっている。過去をバラされたくなかったら、言うとおりにしろと脅迫して。

取り戻したはずの日常を奪われることを、琴江は極度に恐れた。仲間たちは心配しすぎだとなだめ、守ってあげるとも言ってくれたけれど、かく言う彼女たち自身も、多くが加害者の影に怯えているのを知っている。

募る恐怖が絶望をふくれあがらせ、生きる気力を奪う。

もう疲れた——。

こんな日々から、一刻も早く逃れたい。ずっと何かに怯えて生き続けるなんて嫌だ。楽になりたい。

かくして、琴江は死を望むようになった。

会合の仲間には、本当の気持ちを言えなかった。困難を乗り越え、頑張って生きようとしている彼女たちに、自殺の話なんてできるわけがない。

そして今日、琴江は夜の海へとやって来た。

望むのは、自分自身をこの世から消すこと。醜い遺体を晒すような死に方はしたくない。誰にも知られることなく、ひっそりと骨か藻屑になりたい。

あれこれ考え、入水が最も適しているという結論に達した。偶然目にしたブログに、こんな記事があったからだ。

その筆者は海で泳いでいたとき、自身の泳力を過信して、沖に積まれた消波ブロックを目指した。ところが、途中で力尽き、溺れそうになったのだ。

そのとき、彼が感じたのは恐怖ではなく、もういいやという諦めの心境だったという。疲れたから楽になりたい、このまま沈んでも、苦しむことなく人生を終えられるに違いない、そんな思いに囚われたと書かれてあった。

それほど深くもないプールで、さっきまで元気に遊んでいた子供が、いつの間にか底に沈んでいたなんて事故がけっこうある。あれはきっと、夢中になって遊んでいるうちに体力を消耗し、そのまま力尽きたのだと、ブログの筆者は分析していた。助けを求める力も残っておらず、静かに沈んで溺れたのだろう。彼自身がそうなりかけたように。

なお、筆者は気力を振り絞り、消波ブロックにどうにか辿り着いた。そのあと、近くを通ったボートに乗せてもらい、無事浜辺に戻ったそうだ。

その記事を読んで、琴江はこれしかないと思った。

力尽きて楽に死ねるなんて、まさに理想的である。そのまま海底に沈み、魚の餌になる。骨だけになって、醜い死に様を見られる心配もない。

打ち寄せる波が子守歌のように聞こえる。

もう疲れた。楽になりたい――。

琴江は靴だけ脱ぐと、着衣のまま夜の海に入った。深さが腰以上になってから、平泳ぎでゆっくりと泳ぎ出す。

もともと体力には自信がなかった。そのため、十メートルも泳ぐと、全身に疲労が満ちる。濡れた服が肌に張りつき、手足も動かしにくくなった。

遠浅ではないため、すでに足のつかない深さだ。力尽きれば、あとは沈むのみ。この世と永遠のお別れである。

本当に苦しくないのかしら――？

ふと疑問が生じる。あのブログの筆者は、力尽きそうになったとき、海底に吸い込まれる心地がしたと書いていた。それから、頭がぼんやりして、生と死の境界が曖昧だったとも。

だとすれば、溺れたという意識もなく、天国へ行けるに違いない。

……ううん、地獄かも――。

気怠さを帯びた手足を、機械的に動かしながら、琴江は自虐的になった。自分のような人間が、どうして天国に行けるものか。そもそも、こんな事態を招いたのは、他ならぬ自分自身なのだ。

風俗でアルバイトなんかしなければと、数え切れないほどしたはずの後悔が、この期に及んでぶり返す。結局、あの軽はずみな選択が、すべての元凶になったのである。

さらに遡って、高校時代の彼氏とロストバージンをしたことも悔やまれる。もしも清いカラダのままだったら、性を売り物になんて考えなかったのに。

こうして死ぬのは、すべて自分のせいだ。自業自得である。

夜の海は冷たく、体温を否応なく奪ってゆく。疲れもほぼ限界に達し、手足が動かなくなってきた。

ごめんなさい。お父さん、お母さん――。

今さらのように両親に詫びたところで、頭が水中に落ちる。潮水が鼻から口から、体内へと侵入した。

琴江は反射的にもがいた。けれど、もはや浮かぼうとする力は残っていない。諦めて、からだが海底に沈むのに任せた。

苦しいと思ったのは、鼻に海水が入った一瞬だった。あとは思考することはおろか、肉体の反応も見られなくなる。

数分後、若い命の灯火は、あっ気なく消えた。

2

朝食後に、釈放前の指導が行なわれる満期房で待っていると、刑務官がやって来た。

「五嶋、出ろ」

言われるまでもなく、準備してあった荷物を手に房を出る。

（ようやく刑務所とオサラバだ）

長かった二年を、振り返る気にもならない。五嶋幸造は、ここを出たあとのことのみを考えていた。

あの快楽の日々を、再び取り戻せるのだと。

今度は相手を厳選し、訴えられることのないよう、きっちり脅さなければならない。同じ失敗を繰り返すのは愚者である。刑務所暮らしは二度とご免だった。

出所前一週間は教育期間で、満期房が独居なのをいいことに、五嶋は毎晩自慰をした。昼間から欲望を持て余し、エレクトした己身をしごくことすらあった。外に出れば、また女たちを犯せる。そう考えるだけで、全身の血が滾るようだったのだ。

さりとて、新しい獲物を得るには準備が必要だ。それから金も。

弁護士に依頼して、有価証券などの資産は隠してある。だが、民事で賠償請求をされている身であり、ヘタに手をつけると強制執行を食らってしまう。

ここはほとぼりが冷めるまで、つましく暮らすしかあるまい。出所したてで財産もないのだと、訴えた女が諦めるまで。

(キャバ嬢のくせにおれを訴えるなんて、いい度胸してやがるぜ)

復讐の意味も込めて、まずはあの女を犯してやろうか。二度と逆らえないよう、やめてくれと涙をこぼして哀願するまで。

考えたものの、五嶋は思いとどまった。

もはや脅しの通用しない相手である。薬もないから、眠らせてというのも不可能だ。そもそも会ってすらくれないだろうし、どれだけうまいことを言っても、こちらが渡すものなど口にしまい。

かと言って、力尽くでというのは無理だ。相手が女でも、抵抗を完全に抑え込む自信がなかった。暴力も性(しょう)に合わない。

性加害という名の暴力を女性たちに与えていると、五嶋は意識していなかった。薬物と脅迫こそ用いても、結果的に彼女たちを歓(よろこ)ばせているのだという、身勝手な妄想を抱いていたのである。

女を支配し、交わって恥辱を与えることに愉悦を覚える己の性癖から、五嶋は目を背(そむ)けていた。

彼は他者を警戒させない容貌ゆえ、異性にも気安く声をかけてもらえた。だが、人間としての面白みに欠けるのか、親しい交際に発展することはなかった。

ＩＴ業界でいちおうの成功を収め、収入が増えても現状は変わらない。いつしか五嶋は、自分を相手にしてくれない女たちを憎むようになった。完全な逆恨みである。

それでも男としての欲望には逆らえない。性欲は人並み以上だったのだ。四十五歳になった今でも、毎日射精しないと気が済まないほどに。

彼は金にあかせて、夜の店や風俗に通った。偽りの男女関係でもいい。柔肌に触れながら、心地よく果てるために。

ところが、ある風俗嬢に邪険な扱いを受けた。無愛想でテクニックもなく、惰性で金を稼ぐだけの女に。

カラダを売るしか能がないくせに、いい気になりやがって――。

面と向かって言う度胸はなく、胸の内で毒づいた。

そんな出来事が、彼の性格をいっそう歪める。いつしか夜の女たちへの復讐を企てるようになった。

油断させたあと、薬で自由を奪い、陵辱の限りを尽くす。ダークウェブで薬物を仕入れるぐらい、彼には造作もなかった。

ひとり目は、薬を仕込んだドリンクをなかなか飲んでくれず、断念した。けれど、ふたり目はうまくいった。抵抗できなくなった女を、五嶋は鼻息を荒ぶらせながら犯した。

そのときは薬が多かったせいか、女は終始意識を失ったままだった。ならばとからだを洗い、セックスの痕跡を消した。起きてから、サービスの途中で寝落ちしたんだよと嘘をつき、フラつく彼女を帰した。

そのときも、脅して言うことを聞かせるつもりでいたため、五嶋は心からの満足が得られなかった。女を徹底的に征服、支配したかったのだ。

三人目は薬の量を調節し、途中で目を覚ますように仕向けた。薬の影響で抵抗もままならぬ彼女は、風俗勤めをバラされたくなかったら抵抗するなと告げられるなり、絶望の眼差しを浮かべた。

五嶋は大いに昂り、深い満足を得られた。これを求めていたのだと実感し、女体を激しく責め苛んだ。

以来、両手両足の指でも数え切れない人数の女たちを犯してきた。

相手はしっかり吟味（ぎんみ）した。自らの生業（なりわい）を他人に明かせない、陰に潜（ひそ）むタイプ。そういう女なら、脅しにも容易に屈するはずだと。

唯一の例外が、あのキャバ嬢だった。見た目が好みにどんぴしゃりだったから、是非とも我がものにしたいと焦り、選定を誤ったようである。

まあ、二年のお勤めで済んだのだ。有能な弁護士のおかげでレイプも実証されず、さぞ悔しがったに違いない。あのぐらいで勘弁（かんべん）してやろう。

賠償金を払うつもりはかけらもなかった。夜の女を狩る、貴重な時間を奪われたのだ。さらに金まで取られてたまるものか。

もともとフリーで仕事をしていたから、復帰すればまた稼げる。だが、表向きの報酬は最小限にしてもらい、あとは仮想通貨でいただけばいい。そうすれば差押えは不可能だ。

（当分は、昔の女に手をつけるしかないか）

他に訴える女がいなかったことで、五嶋は自信をつけていた。やはりああいう女どもは、自らの生業を秘密にしたいのだ。

オマエのしていたことをバラすと脅せば、言いなりになるはずである。実際、逆らわないのをいいことに、二度三度と弄んだ女もいた。

撮影した動画を記録したディスクは押収されたものの、クラウドに保存したデータはそのままのはず。そこには、コトを行なう前に調べあげた女たちの素性のリストもある。それを使えば、しばらくは女に不自由しまい。

（まずはあいつかな）

刑務官に先導され、検身所へ向かいながら、五嶋は派遣型風俗店でアルバイトをしていた女子大生を思い浮かべた。

取り立てて顔がいいわけではなく、体形も普通。現役女子大生という売りがなかったら、すぐにお払い箱であったろう。テクニックも無いに等しく、手も口もサービスはぎこちなかった。

だが、何よりも若かった。すれていない女特有な脇の甘さも、五嶋はひと目で見抜いた。警戒していたようながら、気を許すのは早かった。

だからこそ素性を調べ、二回目で手中に収められたのだ。あそこまでスムーズに進んだのは、久しぶりだった。

意識が戻ったあと、女体(にょたい)を貫かれながらべそべそ泣いていたのにも、五嶋は激しく昂奮した。だからいつも以上にハッスルし、彼女の中にたっぷりと精を注ぎ込んだのである。

いずれまた抱いてやろうと、五嶋は思っていた。店はすぐに辞めたようだったが、大学も住まいもわかっている。訪問して脅せば、簡単に従うはずだ。

残念ながら、その前に逮捕されてしまった。

あのとき二十歳(はたち)だったから、大学はすでに卒業しただろう。アパートを引き払って郷里に帰ったかもしれない。

(だったら、あの子の田舎まで行ってやろうか)

犯した女のあらゆる情報は、データベース化してある。ダークウェブの仲間にも協力してもらえば、出身がどこなのかを調べるのは造作も無い。

いきなり目の前に現れたら、彼女はどんな反応を見せるだろう。ひとの好さそうな娘が、驚愕と恐怖を浮かべたのち、絶望に顔を歪ませる。そんなところを想像するだけで、頬がどうしようもなく緩んだ。

五嶋が顔を懸命にしかめたのは、刑務官にニヤニヤ笑いを見られるわけにはいかないからだ。刑期を全うしたとは言え、反省していないと取られるのは好ましくない。

検身所で荷物のチェックを受け、預けていたものを引き取る。刑務作業で得たはした金ももらうと、

「お世話になりました」

五嶋は刑務官にうやうやしく頭を下げた。

そのとき、立花というその刑務官の視線が、それとなく下半身に向けられる。五嶋はまったく気がつかなかった。ズボンの前がみっともなく隆起していたことに。

正面玄関まで送られると、五嶋は意気揚々と府中刑務所をあとにした。

「あいつはまたやるつもりですよ」

ゼロ地裁の会議室で、藤太が忌ま忌ましげに眉をひそめる。

「ナニをおっ勃てたまま出所した受刑者なんざ、初めて見ました」

彼の報告に、忠雄も口をへの字にした。

「反省していないのは間違いないようだね」

「反省どころか、満期房のやつの部屋なんて、イカくさくてたまりませんでしたよ。毎晩ナニをしごいてたんでしょう。いよいよ女とデキるからって」

「つまり、また女性たちを脅すつもりなんですね」

修一郎の言葉に、藤太がうなずく。

「あんなやつに好き好んで抱かれる女性はいませんよ。だから夜の店や、風俗の女性たちばかりを狙ったんでしょう」

「ということは、過去に陵辱した女性たちのところへ行く可能性があるな」

忠雄は腕組みし、天井を睨んだ。

「そもそも出所したばかりで金がないだろうし」

「金はありますよ。間違いなく。どこかに隠しているに決まってます」

五嶋に損害賠償請求をした元キャバ嬢の女性から、修一郎は相談を受けていた。かなり稼いでいたはずなのに、資産が見つからないと。

「逮捕されたあと、一度釈放されているが、そのときに資産を動かしたのか？」

「おそらく。家宅捜索でも、犯罪行為の裏づけになるだけの金は見つからなかったはずです。薬の出所は吐いていませんが、おおかたネットで非合法に入手したのでしょうし、金もそっち経由か、あるいは暗号資産に変えている可能性がありますね」

「そっちはハッキングされて消える恐れがあるから、すべてではないだろう。あいう用意周到なやつは、別のところにも必ず残している。多分、弁護士が絡んでいるはずだ」

忠雄の言葉に、修一郎は驚きを隠せないようだった。

「え、弁護士が？」

「あの弁護士ならよく知っている。依頼人の利益のためなんて言いながら、本心は手前の利益のためなのさ。要は金で動く悪徳だよ」

忠雄は不満をあからさまにした。あいつが巧みに立ち回ったせいで、五嶋の事件はメディアも大きく扱わなかったのだ。

被疑者の今後に不利益を生じさせたら訴訟も辞さないと、弁護士は記者たちに強気で迫った。また、訴えたのがキャバ嬢ひとりだったためもあり、マスコミも大した事件ではないと見なした。

おかげで、懲役の判決を受けても、五嶋のダメージは少なかった。

あれから二年経った今、五嶋の所業は世間から忘れ去られている。覚えているのは関係者――被害者側の人間のみだ。

司法関係者にも愚か者や、腐った人間がいる。そういうやつらのせいで正義が蔑ろにされるからこそ、ゼロ地裁のような、超法規的なことも辞さない組織が必要なのである。

「まあ、弁護士の件はともかく、五嶋は被害者たちのデータもどこかに隠しているはずだ。それを使って、再び脅しを始めるのは間違いないだろう」

「だったら、その前にどうにかしないと」

「四六時中張りつくのは無理だが、とにかく目を離さないでいてくれ」

「わかりました」

修一郎が了承し、やり切れなくため息をつく。

「もっと長く刑務所に入っていればよかったんですけどね。せめてあとひとりでも、やつを訴える女性がいたら」

「それは無理な相談だよ。被害者たちのことを考えたら」

五嶋に陵辱された女性たちについて、忠雄は別のルートから情報を得ていた。判明した全員が夜の店や風俗に勤めており、そこを彼につけ込まれたのだとわかったのである。

「裁判になったら、性被害に至った経緯を証言しなくちゃいけない。向こうの弁護士にも質問を浴びせられるだろうし、法廷がセカンドレイプの場になってしまう。ただでさえ、性犯罪は裁くのが難しいんだ」

民事が専門の忠雄でも、そのぐらいは知っている。

「まして、周りに仕事のことを知られたくないのだとしたら、訴えるのは困難だろう」

「すみません。軽率(けいそつ)でした」

修一郎が反省し、頭を下げた。

「被害者たちの多くは、自分自身を責めている。ああいう仕事に就いたために、五嶋にレイプされたのだと。そんな気持ちもあって、訴訟に踏みきれないんだろう」

「そうですね……」

「それにしても弱みを握って脅すなんてのは男の風上、いや、人間の風上にも置けないゲス野郎ですな」

藤太も事件のあらましを知っているから、苦虫を嚙み潰した顔になる。その場に唾を吐こうとして、かろうじて思いとどまったようだ。

「刑事も民事も、訴えたのはあの女性ひとりだが、五嶋が償うべき相手はもっと大勢いる。裁判で決定した賠償金を毟り取るだけじゃ不充分だ。徹底的にやる必要がある」

忠雄の力強い言葉に、修一郎も藤太もうなずいた。

「他の被害者に関する情報は、私のほうで集めておくよ。今日もこのあと、会う約束をしているんだ」

「性被害者を支援している方ですよね」

「うん」

自身も被害者でありながら、若いときから救援活動をしている女性だと、修一郎は忠雄に教えられていた。それから、信頼の置ける情報提供者だとも。

ただ、どこの誰であるかや、そのひとがゼロ地裁についてどこまで知っているのかは不明である。

「あ、そうそう。北野倫華だが、美鈴先生の話では、意外にも真面目に働いているそうだよ」

忠雄の報告に、感心した面持ちを見せたのは藤太だ。

「へえ。つまり、心を入れ替えたってことですか?」

「そこまでは不明だ。単に顔を元に戻してほしいから、頑張っているだけかもしれないが」

「いや、それだけだったら、あんな酷い店ではとても働けないと思いますよ」

「え、谷地君はお客として行ったことがあるのかい?」

藤太に目を丸くされ、修一郎はかぶりを振った。

「ちょっと覗かせてもらっただけです。あそこは、お客がホステスをブスと罵ってもよくて、それでも笑顔で接客しなきゃいけないんです。北野倫華みたいにプライドの高い女には、とても耐えられないでしょう」

「つまり、償いの気持ちがあるから我慢できると?」

「多少は芽生えてるんじゃないかと思います。まあ、そうであってほしいという希望もあるんですけど」

それには忠雄も同意見だった。

ゼロ地裁は、加害者が身をもって被害者に償うことを目的としている。多くは金銭的な弁済だが、最も理想的なのは加害者が悪事を後悔し、心から詫びる気持ちになることだ。

(美鈴先生もそれを願って、あの手術をしたんだよな)

顔を醜くしただけでなく、被害者の面影も浮かぶようにしたと聞いた。そんな難しい手術は、彼女だからこそ可能だったのだ。

忠雄とて、倫華のしたことは許せないし、簡単に償えるとは考えていない。それでも、できれば改心してもらいたかった。被害者である柳瀬佳帆の両親が願ったように。

やはり自分は若い女に甘いのだろうか。娘をもつ父親であるがために。

自省の念が浮かびかけたとき、腕時計のアラームが鳴った。

「おっと、約束の時間だ。これで失礼するよ」

忠雄はふたりに言葉をかけ、地上へと向かった。

3

自宅の最寄り駅の、ひとつ手前で降りる。忠雄が向かったのは、駅からそう遠くない場所にあるリサイクルショップであった。

置いてある商品は、女性向けの衣類やアクセサリー、バッグなどが主である。正直、いい年をした男は入りづらい。

そもそも、男と接するのが難しい店員もいると聞いている。忠雄は店の前から、例の携帯で電話をかけた。

『はい、島本です』

先方はすぐに出た。

「山代です。今、店の前です」

『承知しました』

短いやりとりのあと通話が切れ、一分と待たずに店の中から女性が現れた。年は三十代の半ばほど。清楚なワンピースをまとい、おっとりした性格が滲み出た柔和な面立ちである。

だが、彼女——島本春香が、芯のしっかりした強い女性であるのを、忠雄は知っている。

「ご足労いただき申し訳ありません」

うやうやしく挨拶をされ、忠雄は恐縮した。

「いえ、こちらこそ。お時間を割いていただき、ありがとうございます」

「では、事務所までお願いできますか？　他に聞かれたくありませんので」

「わかりました」

ふたりは連れ立って歩きだした。二百メートルほど離れたところに、店の倉庫も兼ねた三階建てのビルがある。そこに着くまでのあいだ、会話は一切なかった。

（いつになく深刻そうだな）

忠雄は気を引き締めた。

『お伝えしたいことがあります——』

つい昨日、春香が連絡を寄越したのである。忠雄のほうから情報を求めるのが常だったため、正直戸惑いもあった。

ただ、ここしばらくは五嶋の件でやりとりをしていたから、それに関する話なのは間違いないだろう。

もともと春香とは、別のレイプ訴訟を通じて知り合ったのである。被害者の情報が得づらく、どこかに協力してくれるひとがいないか探したところ、書記官の沙貴が紹介してくれたのだ。

友人の妹が被害に遭ったことがきっかけで、沙貴は学生時代から、性被害者を支援するボランティア活動をしていた。そのとき、自助グループを運営し、尚かつ被害者の社会復帰を助けるため、仕事の場を与えている春香と知り合ったと聞いた。

忠雄が東京地裁の裁判官だと知ると、春香は是非とも協力したいと言った。被害者のプライバシーに配慮した上で必要な情報をもたらし、人証調べにおけるアドバイスもしてくれた。

以来、性加害・被害にまつわる訴訟では、春香の協力が不可欠となった。表の案件以外の、ゼロ地裁に関わる事件であっても。

もちろん春香は、ゼロ地裁の存在など知らない。一市民として、正義の執行に役立ちたいだけなのだ。

少なくともこの日まで、忠雄はそう信じていた。

ビルの外階段で二階に上がる。そこが事務所だ。

三階はオフィスで、自助グループに関わるスタッフが働いているそうだ。夜が更けた今はビル全体が静まり返っており、誰もいない様子である。

忠雄が迎えられたのは、事務所の奥にある春香の部屋だった。本棚にデスク、簡素な応接セットというインテリアは、忠雄が普段仕事をする地裁の執務室と似ている。

「こちらへお坐りください」

ソファーを勧められ、腰をおろす。彼女は、はす向かいにあるひとり掛けの椅子に坐った。

「すみません。お茶も用意できなくて」

「いや、おかまいなく。それで、伝えたいことというのは——」

問いかけに、春香が口をつぐむ。間を置いて、

「望月琴江さんが亡くなりました」

悲愴な思いを絞り出すように言われて、絶句する。その名前に聞き覚えがあったからだ。

「たしか、五嶋幸造の被害者の？」

思い出して確認すると、春香が「ええ」とうなずいた。

「遺体が発見されたのは三日前だったそうです。〇〇の海岸で」

「海岸……それじゃ——」

「解剖まではされず、検視で自殺だと判断されたようです。着衣のままで、近く

に崖や堤防もありませんでしたし。あと、少し離れたところに靴が揃えてあったと聞きました」

彼女の沈んだ面持ちに、忠雄は姿勢を正した。意識せずに、哀悼の意を表したのだ。

「そうすると、五嶋が釈放されるのを悲観して?」

「遺書などはなかったそうですが、それで間違いないでしょう」

レイプされてから、かなり時間が経っている。以前よりは明るくなったと、春香に聞かされたこともあった。

やはり五嶋の出所に耐えられなかったのだ。

「遺体のほうは?」

「すでに群馬のご実家に運ばれています」

琴江は、春香のリサイクルショップで働いていた。そのため、警察からあれこれ訊かれたのと同時に、判明していることも教えてもらえたという。

「ただ、五嶋の件は、警察にも話していません。知られるのは、彼女の本意ではないと思いますから」

「そうでしょうね。ところで、望月さんは会合にも出席していたんですよね。そこで不安を打ち明けることはなかったんですか?」

「不安はあっても、話せなかったんだと思います。死も辞さないほどに追い詰められて、深刻だったぶん」

「どうしてですか?」

「だったら自分もと、希死念慮が強まってしまうメンバーもいますから」

春香が小さく息をつく。やり切れない思いが表情に表れていた。

「私たちの目標は、苦しくても立ち直ることにあるんです。絶望を共有するために集まっているわけではありません。そのことは望月さん――琴江ちゃんもわかっていて、だから仲間を巻き込みたくなかったんです」

春香が親しく呼ぶのは、一緒に働いていたからだ。それだけに、救えなかったことが悔しいに違いない。

「五嶋が刑務所から出てくることに、彼女は耐えられなかったんですね。きっとまた、と」

「ええ。自分を傷つけた男がこの世に存在しているだけでも、わたしたちは怖くてたまらないんです。捕まっているあいだは安心できても、そいつが自由の身になったらまたと、悲観的になるのは当然なんです」

春香の目が潤む。ハンカチを取り出し、俯いて目元をおさえた。

「わたしがしっかり寄り添って、少しでも不安を和(やわ)らげてあげられたらよかったのに」

そばにいたひとりとして、責任を感じているようだ。

「いや、あんなやつをたった二年で世に放った、司法にも問題があるんです」

それが忠雄の偽らざる気持ちである。

「あの男の被害者は他にもいます。琴江ちゃんと同じように、追い詰められてしまうひとがいるかもしれません。そのことも心配で」

「……そうですね」

「なのに、あの男はこれ以上の咎(とが)を受けずに、のうのうと生きるのですか？　若い命を奪っておきながら」

そこまで言ってから、春香が口をつぐむ。「すみません」と頭を下げた。

「山代さんを責めているわけではないんです。ただ、このままでは琴江ちゃんが可哀想で」

「わかっています」

忠雄はうなずき、少しでも慰めになる言葉を探した。

「やつは民事の賠償金を払っていません。何しろ下劣な男ですから、逃げるつもりでいるのでしょう。しかし、私のほうからも執行担当者に働きかけて、逃げ得にさせないよう対処します」

「だけど、それでお金がもらえるのは、訴えたあの女性だけですよね」

「ええ、まあ」

「琴江ちゃんや、他の女性たちには、何の慰めにもなりません」

それも事実だから、忠雄は返答に窮した。

「ただ、あの男の被害者たちは、賠償金なんか望んでいません。もしもお金がほしいのなら、それこそいっしょに訴えたはずですから」

「でしょうね」

「彼女たちが何よりも願っているのは、五嶋がこの世から消えることとです」

物騒な発言にギョッとする。春香は真顔(まがお)であり、冗談を口にしているふうには見えなかった。

そもそも冗談にできる話ではない。

(島本さんって、こんなことが言えるひとだったのか?)

物腰が柔らかく、面差しも穏やか。かつて性被害に遭ったなんて、とても信じられない。

彼女がいつ誰に、どんなことをされたのか、忠雄は聞いていない。サバイバーだというのは書記官の沙貴に教えられたし、本人も初めて会ったときに、自身も被害者だからこういう活動をしていると打ち明けた。

過去の悲劇をまったく感じさせないのは、立ち直ったからであろうか。無論、完全に忘れるのは不可能だとしても、春香は見た目や印象以上に強い女性なのだと思われる。

しかし、加害者の死を願うほど気性が激しいとは。

「五嶋がいなくなれば、被害に遭った女性たちも安心できます。琴江ちゃんのように、悲しい最期を選ぶこともないでしょう」

そこまで言ってのけたのだから、口がすべったわけでもない。忠雄は「それはそうですが」と、曖昧な相槌を打つのが精一杯であった。

「わたし、琴江ちゃんのご実家へ、弔問（ちょうもん）に伺いたいんです。ウチで働いていたんですから、むしろ行くべきだとも思います」

「ええ」

「でも、わたしが行ったら、ご両親に自殺した理由を訊かれるでしょう。ずっと近くにいたわけですから。もちろん本当のことは言えませんし、誤魔化せる自信もありません」

春香が涙ぐみ、苛立ちをあらわにする。

「山代さん、五嶋を再び刑務所に入れることはできないんですか？」

悲痛な問いかけも、どうにかしたいという気持ちの表れなのだ。

「被害者の方たちが訴えて、犯罪が立証されれば、服役させるのは可能です。強制性交の時効は十年、被害者が怪我などした場合は十五年ですし、あの当時は無理だったけれど、時間が経って気持ちの整理がついたから訴えられるようになったという主張も認められるでしょう」

忠雄の返答に、春香が絶望を浮かべた。

「訴えないとダメなんですか？」

「性犯罪が親告罪ではなくなったとは言え、証拠がないと公判を維持するのは難しいんです。映像が残っていたのに検察が起訴を諦めたのは、同意の上だったという五嶋の主張を覆すのは無理だと判断したためだと思われます」

「だけど、かなりの人数が被害に遭っているんですよ」

「なのに訴えたのがひとりだけだったというのも、五嶋には有利だったんです。

ついやり過ぎたという弁明が通ってしまったんですから」

春香が押し黙る。女性たちが訴えられなかった理由を知っているからだ。

彼女とて、五嶋の被害者すべてを把握しているわけではない。だが、わかった範囲での共通点や、やつの手口を聞いたことで、どんな女性がターゲットにされたのかと、彼女たちが訴えられないわけを理解したのだ。

よって、時間が経てば訴訟に踏み切れるなんて、簡単なことではないのもわかっているはず。

「……それでも、山代さんには、できるだけのことをしていただきたいんです」

嚙み締めるような願いに、忠雄は「ええ、そのつもりです」と答えた。表立っては無理でも、裏の制裁は是が非でもというつもりでいた。

もちろん、そんなことは春香にも言えない。

「わたしも、ある程度の覚悟はしているんです。琴江ちゃんの死を無駄にしないために、精一杯のことをしようって」

「わかります。だけど、あまり無茶はなさらないように」

案じる言葉は、春香の耳に届いていなかったかもしれない。彼女の眼差しは虚空(こくう)を睨み、目の前にあるものが見えていないように感じられた。

翌日――。

執務室で判決文を起草しながら、忠雄はふと、昨晩のことを思い出した。

(あれはどういう意味だったんだろう)

五嶋にレイプされた女性について、島本春香から情報を得た。そのとき、彼女はいつになく厳しいことを言ったあと、できるだけのことをしてほしいと忠雄に頼んだ。

そのあとで、

『司法が何もできないのなら、わたしたちが――』

と、意味深なつぶやきをしたのである。かなり思い詰めた顔つきで。

そこまでのやりとりを考えれば、五嶋に対して、何らかの措置を講じるという意味になる。それも制裁じみたことを。

五嶋がこの世から消えれば、やつに陵辱された女性たちが安心できると春香は言った。望月琴江みたいに、自ら死を選ぶ者もいなくなると。

(つまり、自分たちで五嶋を亡き者にするっていうのか?)

いや、まさかと思いつつ、疑念を払拭することができない。

彼女たちは性暴力の被害者である。いくら加害者に恨みがあっても、直接手を下せるとは思えない。

そうすると、別の方法で社会的な制裁を加えるのか。たとえば五嶋の行動範囲に、やつの所業を喧伝して回るとか。

本当にそんなことをしたら、逆に春香たちが訴えられないかと心配になる。五嶋が懲りていないのは確かであっても、犯罪行為がないうちは、一般市民でしかないのだから。

むしろ、やつに付け入る隙を与えることになりかねない。

（いや、さすがに考えすぎか……）

春香がそこまで浅はかだとは思えない。あのつぶやきは、何とかしたいという気持ちが募るあまり、ついこぼれたものだったのだ。

ただ、気になることは他にもあった。

（島本さん、こっちの動きをやけに期待しているみたいなんだよな）

望月琴江の自殺を伝えたのは、五嶋の被害者が今でも苦しんでいると知ってもらうためだったのだろう。

けれど、やつを訴えた女性はひとりだけだ。強制執行がうまくいったとしても、他の被害者に利が及ぶことはない。

五嶋が二度と過ちを犯さないよう、司法としてできることは限られている。接近禁止命令が出されでもしない限り、行動を制限するのは不可能だ。

地裁の判事として、忠雄にできることもそうない。そんなことは、春香も承知しているはずなのに。

にもかかわらず、態度や発言からして、五嶋への制裁を期待しているように思われるのである。

（ゼロ地裁について、何か勘づいているんだろうか）

彼女にはこれまでも、被害者情報などで協力してもらった。それがゼロ地裁の執行に生かされたこともある。

しかしながら、その結果が知られぬよう、細心の注意を払ってきた。そもそも忠雄たちが行なった制裁は、表沙汰になっていない。

（そうすると警察に働きかけて、五嶋を監視してほしいのか？）

二度と悲劇が繰り返されぬように。そのために、死を選ぶしかなかった琴江の最期を伝えたのかもしれない。

何にせよ、五嶋の件は、訴えた被害者のみの問題ではない。あいつにはそれ以上の償いをさせるつもりでいた。

(問題は、他の被害者たちにどう還元するかだよな)

その方法を模索していたとき、

「失礼します」

ノックをして、書記官の沙貴が入室してきた。

「こちら、例の相続案件の、再提出された訴状です」

「ああ、ありがとう」

書面を受け取ったついでに、忠雄は何気なく訊ねた。

「島本さんのところへは、今でもボランティアに行ってるの？」

「最近忙しくて、しばらく行けてなかったんですけど、時間ができたらまたお手伝いしたいと思ってます」

「そう。性暴力の被害者に寄り添うのは大変だろうし、あまり無理はしないようにね」

「わたしは大丈夫です。本当に大変なのは、被害者の方たちですから。仮に加害者が裁きを受けても、それで解決するようなものではありませんし」

五嶋のことを言ったわけではないのだろうが、タイムリーな指摘にドキッとする。動揺を悟られぬよう、忠雄は「たしかに」とうなずいた。

「そう考えると、島本さんは本当に強いひとだと感心するよ。彼女も被害者なのに、同じようなひとたちに寄り添えるなんて」

沙貴が「はい、そう思います」と同意する。

「ただ、島本さんは、加害者がこの世にいないぶんマシだっておっしゃってましたけど」

「え？」

忠雄は驚愕した。つまり、春香が被害者となった事件の加害者は、死んでいるというのか。

（まさか、彼女が復讐して――）

浮かびかけた想像を頭から追い払う。そんなわけがないと思いつつも、

『彼女たちが何よりも願っているのは、五嶋がこの世から消えることです』

春香の言葉が蘇る。あれは、自らの経験から導き出された見解だったのではあるまいか。

「この世にいないというのは？」

それとなく問うと、沙貴はきょとんとした顔を見せた。

「加害者の男は、交通事故で亡くなったそうです」

「ああ、なるほど」

そういうことかと、安堵してうなずく。すると、若い書記官が焦りを浮かべた。

「す、すみません。判事も島本さんから聞いているのかと思って。あの、今わたしが話したのは、ここだけのことにしてください」

被害を受けた人間のプライバシーを、本人の了解なく話してしまったのだ。後悔して泣きそうになった沙貴に、忠雄は「わかってるよ」と答えた。

「島本さんとは昨日も会ったし、そのうち彼女から話してくれるんじゃないかな。まあ、私は詮索（せんさく）するつもりはないし、こちらからそんな話題は出さないから、心配しなくてもいいよ」

「はい……すみませんでした」

頭を下げた沙貴が、何かを思い出したように告げる。

「昨日も島本さんにお会いしたのなら、被害者を支援する基金のお話はありましたか？」

「え、基金というと？」

「ボランティア仲間のチャットルームに、島本さんも参加してるんですけど、先日、基金を立ち上げる計画があるって教えてくださったんです。寄付を集めて、被害者に金銭的な援助をするようです」

「なるほど。いいことだと思うね」

「はい。わたしも是非協力したいと伝えました。お金はそんなにありませんけど、地裁の皆さんにも声をかけるつもりです」

「うん。私も及ばずながら協力するよ」

忠雄の返答に、沙貴が笑顔を見せる。

「是非お願いします」

有能な部下に頬を緩ませつつ、(ああ、そうか)と忠雄は閃いた。

(五嶋から金を巻き上げて、その基金に寄付すればいいんだ)

それならば、全員には無理だけれど、あいつの被害者にもいくらか届くことになる。

昨日、春香が基金のことを話さなかったのは、琴江の件で頭がいっぱいだったためなのか。あるいは、被害者はお金を求めているわけではないと言った手前、話題にしづらくなったのか。

どちらにせよ、協力を申し出れば、彼女も受け入れてくれるであろう。ただ、お金の出所をうまく誤魔化さなければならないが。

沙貴が退室して五分も経たないうちに、別の来訪者があった。ゼロ地裁のメンバーである修一郎だ。

「すみません。こっちではなるべく顔を合わせないほうがいいとわかっているんですが」

彼は申し訳なさそうに頭を下げた。

同じ裁判所に勤めているのであり、お互いを訪ねるのは不自然ではない。それでも、他人に知られたらまずい活動をしているのだ。怪しまれないよう、細心の注意を払う必要があった。

「かまわないさ。急ぎの用だからここに来たんだろ？」

「はい。五嶋の件で」

修一郎はデスクの前に進むと、声をひそめた。

「今日、駅の窓口で遠距離の切符を購入していました。どうやら旅行をするようです」

「え、窓口で？」

「カードではなく現金払いでした。口座など調べられて取り立てられないよう、財産を徹底して隠すつもりなんでしょう」

「なるほど。で、どこへ行くのかわかったかい？」

「そばにいたら、駅員とのやりとりが聞こえました。購入した切符の行き先は、群馬県の駅でした」

「群馬——」

忠雄は思い出した。自殺した琴江の遺体が、すでに群馬の実家に送られたと春香に教えられたのを。

「五嶋の縁者に、群馬の人間はいなかったよね？」

「そのはずです」

「だったら間違いなく、やつはかつて辱めた被害者を訪ねるつもりなんだ」

「ええっ⁉」

驚きの声を発した修一郎が、口を押さえる。

室内の会話は、簡単には外へ洩れない。しかし、どこに誰の耳があるのかなんてわからないのだ。たとえ裁判所の敷地内であっても。

実際、忠雄が関わった訴訟でも、本来知られるはずのない情報が他に渡っていているのである。

たことがあった。そのため、ゼロ地裁の会議は慎重を期して、常に地下を使用し

「被害者というと？」

修一郎が顔を近づけ、さらに声のトーンを落とす。

「望月琴江という子だ。ただ、彼女は亡くなっている」

「亡くなっ――」

「自殺だそうだ。昨日、島本さんに聞いた」

忠雄が顔を歪めたことで、自死の理由を悟ったのだろう。修一郎の眉間に深いシワが刻まれる。

「五嶋はそのことを？」

「もちろん知らないさ。レイプされたとき、望月琴江は学生だったし、卒業して郷里に帰ったと推測して、訪ねることにしたんだろう。まったく、どこまで下劣なやつなんだ」

怒りのせいで、手にしていたペンを折りそうになる。忠雄は気がついて、それを机上(きじょう)に置いた。

「やつの考えていることぐらい、たやすく想像できる。自分から逃れられたと安

心している被害者を、絶望させたいのさ。絶対に逃げられないと諦めさせ、言いなりにさせた挙げ句、肉体を弄ぶつもりなんだ」

「そうすると、被害者が亡くなっていると知ったら、あいつはさぞがっかりするでしょうね」

修一郎の面差しは強ばったままである。小気味いいなんて少しも思えないのだ。何しろ、前途ある若い命が失われたのだから。

「五嶋の出発はいつだい？」

「明後日です」

「谷地君、忙しいところを悪いんだが、五嶋を追ってくれないか。あいつが望月琴江の死を知って、どんな反応を示すか知りたいんだ」

「反応ですか？」

「自分のせいで死んだと考えるか、それとも、単なる病死か事故死だと思うか。前者の場合、少しでも悔恨の情を見せるかどうかを見極めてくれ。それによって、どう償わせるかを決めたいんだ」

「なるほど。わかりました」

「頼んだよ」

修一郎が執務室を出ると、忠雄は引き出しの鍵を開けた。携帯を取り出し、登録してあった番号にかける。

「あ、美鈴先生。先日はどうも……ええ……はい……ええ、それなら私も安心です。ところで、今夜あたりお時間をもらえますか。実は、先生に相談したいことがあって——」

4

住宅街と呼ぶには人家の疎(まば)らな、田舎町の風景。

望月家はすぐに見つかった。戸も窓もぴったりと閉じられ、誰もいない様子である。

玄関の引き戸には、忌中札(きちゅうふだ)が貼ってあった。

(誰か死んだのか？)

娘の年齢を考えれば、親ではなく祖父母だろう。家族構成も調べはついていた。

そして、家に誰もいないということは、葬儀はすでに終わっているのか。

(どうせなら、通夜か葬式の最中がよかったな)

田舎だから、葬儀も自宅で済ませるのではないか。弔問客を装って入り込み、あの子と対面するのだ。棺桶（かんおけ）の中の故人以上に、顔面蒼白となるに違いない。

それから、観念した彼女をひと目のつかないところに連れ出し、犯すのである。なかなか燃えるシチュエーションではないか。

（喪服（もふく）姿の女は、まだ抱いたことがなかったな）

彼女は若いから、着物ではなく洋装だろう。黒の清楚な装いは、パンストも黒に違いない。スカートをめくったら、黒い薄物に白い下着が透けて——などと、想像するだけでそそられる。

喪服の女を犯すという、禁断のシチュエーション。思い描いて股間を熱くする五嶋は、東京からずっとつけられていることなど知る由（よし）もなかった。

（待てよ。留守ってことは、葬儀場なのかもしれないぞ）

今から駆けつければ間に合うかもしれない。だったら場所はどこだろうと、スマホのマップで近くの葬儀場を検索しようとしたとき、近所の住人らしき高齢女性が通りかかった。

「あ、すみません。こちら、ご不幸があったんですか？」

訊ねると、他人に警戒されない外見が功を奏し、彼女はあっさりと教えてくれた。

「ああ、望月さんとこな。娘さんが亡くなったんだよ」

この返答に、五嶋の心臓が不穏な高鳴りを示す。

「え、娘さんが？　いつですか？」

「一週間ぐらい前だと聞いとるが。東京から亡骸が運ばれて、葬式は一昨日だったかな」

望月家の子供は、娘の他は息子がひとりで、東京に出ていたのは琴江のみ。間違いなく、あの子が死んだのだ。

「どうして亡くなったんですか？」

驚きと悲しみを表情に出して訊ねると、老女は親しい付き合いがあったと思ってくれたらしい。知っていることを隠さず教えてくれた。

「無責任な噂をする者はおるが、ここの家のもんに事故だと聞いたから、わたしゃそう信じておる」

それだけで、五嶋は察した。あいつが自殺したのだと。

「そうですか……また、ご家族の皆さんが在宅のときにでも、お悔やみに伺いたいと思います」

「ああ、それがいいさ。親御さんたちも喜ぶ」

老女が立ち去るのを見送り、五嶋は舌打ちをした。

「チッ。わざわざこんなところまで来てやったのに」

まったく忌ま忌ましい女だ。せっかく出所したのに、当てつけるみたいに自殺するなんて。

(だいたい、風俗でバイトしてたくせに、覚悟がないんだよな。何人もの男どものチンポを咥えておきながら、おれに突っ込まれたぐらいでべそ泣きやがって。挙げ句の果てが自殺かよ。根性なしが)

胸の内で毒づくだけでは飽き足らず、足元の小石を望月家に向かって蹴る。玄関の引き戸に当たり、ガラスにヒビが入るような音がしても気に留めなかった。

(死ぬ度胸があるぐらいなら、もう一回ぐらいヤラせりゃいいのに)

悪いのはおれじゃない、風俗で安易に稼いでいたくせに、犯されたぐらいで気に病むあいつが悪いのだ。

五嶋は懸命に責任転嫁をしていた。琴江が自分のせいで死んだのだと、認めたくない気持ちもあったろう。

それは罪悪感の裏返しではなかった。自分に非はない、だから責任を負わなくてもいいと、ひたすら逃げようとしていたのである。

そういう負け犬根性の持ち主だったからこそ、訴え出ることができないであろう相手を選んで陵辱したのだ。よって逮捕されたのはもちろん、死なれたのも想定外だった。

「しょうがない。他の女を当たるか」

周囲に誰もいなかったから、聞こえよがしの独り言を口にする。無駄足を踏まされた自分のほうが被害者だとアピールするみたいに。

そのせいで、ますます腹が立ってきた。

（あ、そうだ）

五嶋は名案を思いついた。琴江の家族に、彼女が自殺した理由を教えてやればいい。

（あいつの親だって、娘がどうして死んだのか知りたいはずだ。それに、真実を知れば、自分たちの育て方が間違っていたこともわかるだろう）

バッグを探ると、底のほうにくしゃくしゃになったチラシが入っていた。脅迫文っぽくなるし、おあつらえ向きだ。

五嶋はその裏にペンを走らせた。読む者が不安に苛まれるような、乱暴な字で。

【望月琴江が、東京で何をしていたか知ってるのか？】

そんな一文で始まった文章は、琴江が風俗店でアルバイトをしていたことを、具体的なサービスの描写込みで伝えた。さらに、調子に乗ったせいで客にレイプされ、世の中を悲観した挙げ句自殺したと、あたかも彼女だけに非があるように強調した。

薬を飲まされたことや、映像を撮られて脅された件には触れなかった。そこまで書いたら、自分の仕業だとバレる恐れがある。

【あの女が死んだのは自業自得だ。それとも、親の教育が悪かったのかな。今ごろあの世でべそそ泣いているだろうから、お前たちも跡を追って、説教してやったらどうだ。家族そろって地獄で反省しろ】

遺族の悲しみに追い討ちをかける結びに、五嶋は大満足であった。ようやく溜飲を下げられた心地がした。

チラシをたたみ直して、郵便受けに突っ込む。帰宅した家族がこれを見つけ、顔をつきあわせてすべて読み終えたあと、いったいどんな顔をするのだろう。

その場面を是非とも見物したい。けれど、さっき近所の人間に顔を見られている。怪しまれたらまずいし、長居は禁物だ。

後ろ髪引かれる思いを振り切って、五嶋はそこから立ち去った。

(さて、いったん東京に戻るか)

あいつが駄目なら、他の女をヤルしかない。誰にしようかな。

記憶にある被害者たちを次々と思い浮かべながら、五嶋は股間を隆起させた。


翌日、地下の会議室で顔を合わせたゼロ地裁の面々は、不快感をあらわにしていた。

三人が囲むテーブルの上には、裏に何やら書き殴ったチラシ。見るからに脅迫状という体裁だが、内容はそれ以上に下劣極まりないものであった。

「五嶋はこれを、亡くなった娘さんの家に投函したのかい?」

あきれた面持ちの藤太に、修一郎が「はい」とうなずく。

「やつが去って間もなく、望月家の方々が戻ったので、危ないところでした」

五嶋がその場を離れてすぐに、修一郎はチラシを郵便受けから引っ張り出したのである。そのあとで、お寺に行っていた琴江の家族が帰ってきたのだ。

「こんなものを読んだら、家族がどれだけ苦しむのか、あいつはわかっていたんだろうかねえ」

「わかっていたからこそですよ。陵辱目的で実家まで行ったのに果たせなかったものだから、仕返しか嫌がらせのつもりだったんでしょう。五嶋は自分のことしか考えていません」

「まったく、なんて身勝手な。自分のせいで若い娘さんが自殺したのに、罪の意識も抱かないなんて」

「あいつにとって女性はモノ同然か、それ以下なんでしょう。同じ人間だとは思っていません」

「やつのほうこそ、人間の皮をかぶったケダモノだがね。ところで、五嶋はそのあと、真っ直ぐ帰ったのかい？」

「こっちに戻って、直ちに風俗店へ向かいました。二軒目をハシゴしたところで、おれは付き合いきれなくて帰りましたけど」

「やれやれ、性欲のみで生きているような男だね」

藤太と修一郎のやりとりを聞きながら、忠雄は悪筆の文面を見つめていた。

（……反省の色はまったくないな）

少しでも悔やんでいるとわかったら手心を加えるつもりでいた。だが、それが皆無だとわかった以上、最凶の苦しみを与えるしかない。

「執行は明日にしよう」

忠雄は他のふたりに向かって宣言した。

「臨時法廷は、美鈴先生にお願いしてある。さすがにこの場所で撮影するわけにはいかないからね」

五嶋への制裁内容を事前に聞かされていたため、修一郎は納得した面持ちでうなずいた。

「そうですね。この場所を、被告以外の人間に知られるわけにはいきませんから。それから、あの弁護士も一緒に償ってもらうんですよね」

「そのつもりだ」

「しかし、そんなものを撮影して、本当に金になるんですかねえ」

藤太は半信半疑のようである。陵辱場面を撮影し、女性たちを脅した五嶋への制裁としては相応しくても、賠償金を得られなければ意味がないのだ。

「私も疑問だったんだが、美鈴先生が大丈夫だと太鼓判（たいこばん）を押してくれたんだ。世の中には色々な人間がいて、どんなものにも需要はあるんだと」

忠雄の言葉に、還暦近い刑務官が首をかしげた。

「そういうものなんですかな」

言ってから、思い出したように話題を変える。

「ああ、そうだ。やはり判事の睨んだとおりでした」

「え、何がだい？」

「杉森和也です。やはりあいつは、妊婦ならお腹の赤ちゃんを守るために抵抗しまいと踏んで、被害者を襲ったんです」

「本当か⁉」

忠雄が身を乗り出すと、藤太は「本当です」と断言した。

「息のかかっている受刑者を、杉森に近づけたんです。おだてたら、得意げにペラペラ喋りましたよ。会話も録音させたので、あとでデータをお渡しします」

「うん、頼むよ」

「それから、被害者を殺害したことも後悔していません。何しろ、殺すことに昂奮して、パンツの中に射精したそうですから」

「そんなことまで喋ったのか？」

「調子に乗ったら、恐ろしく口が軽くなるやつです。おまけに、殺しに快感を覚えるなんざ、生かしておいたら被害者が増えるばかりです」

気が動転して殺したというのは、やはり作り話だったのだ。しかし、まさか殺人に快感を覚えるとは。

「お腹の赤ちゃんも、ナイフがたまたま子宮に達してという話でしたが、あれも狙って刺したそうです。まったく、人間じゃありませんよ」

藤太が吐き捨てるように言う。

たとえば親から虐待されたなど、生育環境が劣悪だったために性格が歪み、犯罪者になった者もいる。一方で、後天的な影響などなくても、平気で殺人を犯せるナチュラルボーンキラーも存在する。

(杉森は間違いなく後者だ)

民事訴訟で、生育環境のすべてに目を通したから間違いない。

杉森の両親は善良なひとたちで、教育環境にも問題はなかった。にもかかわらず、やつはヒトの原形をとどめないほど、歪みきってしまったのだ。

罪を犯した原因や理由がはっきりすれば、償って社会復帰できる可能性は大きくなる。だが、生来の素質がそうさせたのなら、更生はほぼ不可能だ。肉食動物に草食を命じるのにも等しい。

(そうなると、最終手段しかないのか)

出所したら、杉森は再び両手を血で染めるはず。そうせずにいられないのだ。

「あいつは、またやりますよ」

藤太が断言する。忠雄も「うむ」とうなずいた。

「そっちのほうも早急に進めないとな。できればやつが刑期を終える前に」

「もちろんです。絶対にやつは、シャバに出しちゃいけません」

「じゃあ、立花さんは引き続き杉森を監視してくれ。谷地君は、これから私と歌舞伎町に行ってもらえるかな。明日の打ち合わせをしないと」

「わかりました。ミスズ先生のところですね」

また名前を間違えた修一郎を、忠雄は睨んだ。

「ミレイ先生だ」

5

眠りから目覚めたはずが、まだ頭がぼんやりしている。そんなに長く眠ったのだろうか。

(ていうか、ここはどこだ?)

暗い部屋だ。唯一の明かりは離れたところにある、非常口と書かれた緑色のライト。その下は鉄の扉であった。

明かりの位置からして、寝かされているところは床に近い。背中に当たるのは、硬めのマットレスといった感触だ。

そして、べつに縛られているわけでもないのに、からだが動かなかった。

(これ、金縛りか?)

オカルト的な理由が浮かびかける。だが、見えない力に押さえつけられているのではなく、からだそのものが言うことを聞かない感じだった。

それが、自身が女性たちに与えてきた薬の作用であると、五嶋は気づかなかった。自分で飲んだことがないのだから当然だ。

(だいたい、おれはどうしてこんなところに……?)

今に至る経緯を思い出そうとする。

かつて犯した女たちを、五嶋は抱くつもりだった。昨日、わざわざ遠くまで訪ねたやつが死んでいた反動から、手当たり次第という心境になっていた。

ところが、全員が行方をくらまし、ひとりとして連絡がつかなかった。

まったく、どいつもこいつも——。

収まりのつかなくなった性欲をどうにかするべく、五嶋は風俗嬢を派遣してもらおうとした。新たな獲物を得るために。

しかし、こちらの名前と住所を告げるなり断られてしまう。何軒目かの店員は、

『お宅はブラックリストに載ってますから』

と、侮蔑の口調で言った。

逮捕された事件自体は、弁護士の尽力でメディアにあまり取り上げられなかった。余罪もほとんど知られていないはずだ。

だが、業界内には広まっているらしい。ヤラれた女たちが警察に訴えないまでも、店には報告したのだろう。

こうなったら、今後は偽名を使い、ホテルを利用するしかなさそうだ。自宅ならあらかじめカメラを仕掛けられるが、別の場所となるとかなり面倒である。

くそ、あいつらめ――。

女たちに怒りを募らせ、五嶋はダークウェブにアクセスした。より強力な薬を入手するために。

それで女が死んでも、ホテルなら逃げればいいだけのこと。薬物依存者がオーバードーズで死んだと処理されるだろう。

薬が届くまでは、夜の店で女を物色しよう。尻の軽いやつなら、一見客でもアフターに付き合い、股を開くかもしれない。

隠し口座から金をおろし、五嶋は夜の街へと繰り出した。

女を引っ掛けやすいのは歌舞伎町で、五嶋は頻繁に利用していた。今夜も訪れたところ、ひとの好さそうなオヤジの客引きに、ガールズバーを紹介された。連れられて行ってみたら、なかなか雰囲気のいい店だった。注文ごとに会計するシステムで、ぼったくりではなさそうだ。

カウンター席に坐ると、ガールと呼ぶには年のいった美女が接客してくれた。

五嶋がかつて陵辱の獲物に選んだのは、若い女ばかりだった。脅しに屈しやすいからである。

よって、その美女をどうにかしようなんて気持ちは持たなかった。どことなく威厳が感じられ、臆した部分もある。

ところが、彼女は話し上手なうえ、酒を勧めるのもうまかった。いつの間にかのせられて、時間が過ぎるのを忘れるほどに愉しんだ。

そして、気がついたらこんなところにいる。

(酔い潰れて寝ちまったのか?)

飲み過ぎた自覚はあったから、アルコールのせいでダウンしたのかと思った。

ただ、それにしては頭痛がしないし、からだの怠さも、酔ったあとのものとは異なる。

だいたい、ここはどこなのか。目だけを動かして確認しても、ガールズバーのバックヤードとは思えない。どこかの倉庫か、あるいは地下室か。そんな雰囲気である。

ガシャンッ――。

何かのスイッチが入れられたみたいな、やけに重みのある音が響いてギョッとする。次の瞬間、強烈な光が五嶋に向かって注がれた。

「うう」

ただでさえ暗がりに慣れた目には、あまりに眩しい。顔を歪め、光が照らす側の様子を確認する。

(何だここは?)

薄汚れたコンクリートの壁に囲まれた、殺風景な部屋。わりあいに広い。どうにか頭をもたげれば、自分が横になっているのは、これまた染みだらけのマットレスだった。

それを囲むように、三脚に載ったビデオカメラが何台かある。だが、撮影スタジオにしては場末感が半端ではない。

（いや、ちょっと待てよ、おい）

五嶋はようやく気がついた。自身が一糸まとわぬ素っ裸であることに。

《目が覚めたようだな》

やけにエコーのかかった声が響く。男ということ以外、何者なのか皆目見当がつかなかった。

「だ、誰だ⁉」

反射的に訊き返したものの、それに対する返答はない。代わりに、

《五嶋幸造。お前は数多の女性たちに違法なドラッグを飲ませて自由を奪い、陵辱した。強制わいせつ、強制性交の罪を犯しながら、女性たちを脅迫し、訴えられないようにすることで刑罰を逃れた。あまりに卑劣で卑怯なその手口。絶対に許すわけにはいかない》

一方的に断罪され、黙っていられるはずがなかった。

「な、何を言ってるんだ。だいたい、おれは逮捕されて、ちゃんと服役したじゃないか。罪に問われなかったことを、今さら蒸し返される筋合いはない」

からだの自由は相変わらず利かないものの、声はスムーズに出せる。五嶋は、強力なライトで逆光になっている暗がりに目を凝らした。そこにやつがいる気がしたのだ。

《そうやって、また罪から逃れるつもりか。望月琴江は、お前のせいで死んだのだ》

告げられた名前に動揺する。

(何だってこいつは、そのことを知ってるんだ?)

家族なら、あの置手紙で自殺の理由を知ったであろう。だが、誰が犯したのかまでは、わからないはずだ。

《身をもって知るがいい。お前が女性たちに与えた苦しみが、どれだけのものだったのかを》

ライトが消える。暗くなった部屋に、かつて法廷で聞かされたのに似た宣告が反響した。

《五嶋幸造は有罪。強制性交無間地獄の刑に処す。また、被害者を救済するため、お前の財産はすべて没収する》

声が消えると、天井の蛍光灯が点く。いよいよ何かが始まりそうだ。

とにかくこんなところから逃げねばならない。まともに動かない手足をジタバタさせていると、非常口表示の下にあった鉄製の扉が開いた。

(な、何だ?)

それは人海だった。いや、最初は本当に人間なのかと疑ったのである。

なぜなら、なだれ込んできた三十名近い彼らは、各々がマスクを被り、顔を隠していたのだ。それらはグロテスクなピエロや、馬や猿などリアルな動物、異国の民芸品のような奇抜なデザインのものもあった。

そして、隠しているのは顔のみ。他は五嶋と同じく、一糸まとわぬ姿だったのである。

男と女は半々ぐらいだろうか。顔が見えないため、年齢は不明である。明らかに高齢と思われるたるんだ皮膚もあった。

肌の色も様々である。タトゥーなのかボディペイントなのか定かではないが、カラフルな彩りも目についた。

「#$@?!!!」

くぐもった奇声が空間にこだまする。全員がハイになっているのか、口々に何語かもわからない言葉を発していた。

（……サバトか？）

かつてどこかの動画サイトで見た、悪魔を呼ぶ儀式を思い出す。こんなふうに妙な格好をした連中が、大音量の音楽が流れる中、踊り狂っていたのだ。

しかし、これはあの映像以上に淫靡な光景に映る。なぜなら、男たちの大半が、ペニスをエレクトさせていたからだ。

ひょっとして乱交パーティでも始まるのか。そう考えたとき、そばにきたマッチョな男に、五嶋は軽々と抱きあげられた。

「わわわ」

抵抗しようにも、身動きがとれない。逆さまにされ、両脇に立ったふたりから脚を持ちあげられた。しかも、大股開きにさせられる。

（うう、そんな）

全裸でYの字という、みっともないポーズ。逆さまだから、恥ずかしいところがまる見えだ。

連中は相変わらず奇声をあげている。ひとりだけ顔を晒している五嶋を囲み、囃し立てているようだ。

（いったいおれは、何をされるんだ？）

恐怖で身がすくむ。そのとき、腿のあたりにチクッと痛みが走った。次の瞬間、全身に何かがぐるぐると駆け巡る感覚がある。

（あ、動くぞ）

筋肉に意志が通じるのがわかる。解毒剤か何かを打たれたらしい。とは言え、逆さづりの状態では動きようがない。大勢に囲まれているし、抵抗したら何をされるかもわからなかった。

「ううううっ」

五嶋が呻き、身をくねらせたのは、何者かが股間にふれてきたからだ。ひとりではない。ペニスをしごかれ、陰嚢（いんのう）を揉まれ、尻の穴もくすぐられた。そいつらが男なのか女なのかはわからない。ヌルヌルした感触があるから、ローションでも使っているのか。

「や、やめろ」

もがいても、脚を持ったふたり以外にも、腕や頭を摑まれている。逃れるのは不可能だった。

こんな状況で性器を愛撫されても、その気になれるはずがない。ひたすら恐ろしく、昂奮どころではなかったのだ。

にもかかわらず、牡のシンボルが脈打ちだしたものだから、五嶋は焦った。

（ど、どうして？）

刑務所暮らしのせいで、そこまで快楽に飢えていたというのか。

そのとき、五嶋は悟った。これは単純な肉体の反応ではない。何らかの作用が働いているのだと。

（ひょっとして、ＥＤ治療薬か？）

自らは必要としていないが、興味本位で調べたことがある。あれは昂奮とは関係なく、肉体に与えられる刺激に反応するのだという。強力なものは、効果が丸一日近く続くそうだ。

眠っているあいだに、そんなものを飲まされたらしい。

考えてみれば、さっきからだが動かせなかったのは、女性たちに飲ませたのと同じレイプドラッグの影響だったのではないか。身をもって知れとは、そういう意味もあったと見える。

これは復讐だ。五嶋は確信した。慰み者にされた女たちが、仕返しを企てたに違いない。

（くそ……だったら、こんな訳のわからない連中にやらせるんじゃなくて、自分

たちで襲えばいいだろう）

風俗勤めをするような自堕落な女のくせに、自ら手を下せないなんて情けない。その程度の人間だから、こんな陰湿な仕返ししかできないのだ。

そうやって胸の内で毒づいても、状況は変わらない。股間ばかりか全身を撫で回され、おぞましさと恐怖で涙が溢れる。早く終わってくれと、願うことは唯一それのみであった。

頭に血が昇ってぼんやりしかけた頃、五嶋はマットレスに戻された。いくつもの手に引っ張られ、うつ伏せに押さえつけられる。

「うあああああっ！」

悲鳴を放ったのは、硬くて太いものが直腸の深部まで侵入してきたからだ。間を置かずに、それが高速で抜き挿しされる。集団に取り押さえられているため抵抗できず、されるがままであった。

五嶋は後ろを見られなかった。誰に犯されているのか、知りたくなかったからである。

（男じゃない……誰かが器具を突っ込んでいるだけだ）

懸命にそう言い聞かせていると、顔の前に男の股間が迫ってきた。鼻を摘（つま）まれ、無理やり口を開けさせられる。

（これは夢だ。夢であってくれ——）

前からも後ろからも串刺しにされ、自我が崩壊しそうになる。

視線を横に向けると、カメラのレンズが向けられていた。さっきセッティングされてあったビデオカメラだ。奇妙な集団は、撮影クルーも兼ねているらしい。

（やめろ。撮るな！）

顔を背けようにも、強制おしゃぶりの真っ最中では無理である。恥辱にまみれ、口の中で脈打つものを嚙み千切りたくなった。

しかし、そんなことをしたら、さらに酷い目に遭わされるのは明白だ。

「おい、おい、やめろ。何をするんだ⁉」

そのとき、別の男の声が聞こえてギョッとする。カメラの向こう側に、同じく全裸にされた男が見えた。

（あいつ、川鍋じゃないか！）

裁判で共に闘った弁護士だ。彼のおかげで強制性交罪を回避でき、懲役二年で済んだのである。さらに、勾留や服役のあいだにも動いてもらい、資産隠しも支障なく進められた。

その彼がここにいるということは、

『被害者を救済するため、お前の財産はすべて没収する——』

さっきの宣告が蘇る。あるいは川鍋から資産の在処を聞き出すつもりなのか。いや、この様子だとすでに脅され、べらべらと喋っているかもしれない。

「お、おい、何なんだお前らは。うぎゃあああああっ！」

川鍋の悲鳴が聞こえる。断末魔を彷彿とさせるそれに、また集団の奇声があがった。

五嶋は感情を閉ざした。おそらく、自分と同じ目に遭わされているのだ。

まともに対処したら、おかしくなってしまう。何も感じないよう、ひたすら無の境地にいるほうが得策だと悟ったのである。

（考えるな……感じるな——）

経文のように、頭の中で唱え続ける。

それから数時間ものあいだ、五嶋は男も女も相手にさせられ、人間ではなくただの道具として扱われ続けたのである。

6

「こんなものが、本当に売れるのかい？」

忠雄は到底信じられなかった。あの日、五嶋に宣告したあと、撮影の様子を別室のモニターで確認したから尚さらに。

とは言え、ほんの一部を数分間、横目で見ただけだ。悪人どもに制裁を加えたことは幾度となくあっても、過去一のおぞましさであった。

「売れるわよ」

美鈴が断言する。診察室の彼女のデスクには、撮影された映像の入ったデータディスクがあった。

「これはまとめて知り合いの業者が買ってくれるんだけど――」

告げられた価格に、忠雄は目をまん丸に見開いた。

「そ、そんなに⁉」

「言ったでしょ。どんなものにも需要はあるんだって。まして、こういう供給の少ないものは、いくら払ってもかまわないってお客がかなりいるのよ」

「なるほど」

うなずいたものの、忠雄は心から納得したわけではなかった。欲しいものに大金を惜しまない人間など珍しくないという、世間の常識にのっとって理解しただけである。

「ところで、あのあと五嶋は？」

「からだをちゃんと洗って、服も着せて外に出したわ。新宿駅の近くで車から降ろしたんだけど、目も虚ろだったし、足元も覚束なかったって。ま、それもそうよね。ペニスを肛門に突っ込まれて、同時におしゃぶりもさせられたあとなんだから」

小気味よさげに笑みをこぼす美鈴とは対照的に、忠雄は眉をひそめた。その場面は目にしていないが、想像するだけで不快だったのだ。

「さすがにあそこまでされれば、レイプされる女の子の気持ちも理解できたんじゃないかしら？」

「どうかな。まあ、ショックだったのは確かみたいだ。あの日以来、外出もしていないようだし」

修一郎からは、そう報告を受けている。

「でしょうね。弁護士のほうは？」

「裁判にも出廷していないと聞いたから、同じく引きこもってるんじゃないかな。あいつは不正をして得た金で、パパ活の女子大生や女子高生を買っていたそうだが、あそこまでされたら、平常心を保つのは難しいだろうね」

「この機会に、博愛主義に鞍替えすればいいのに」

美鈴の冗談を、忠雄は笑えなかった。

「五嶋が隠していたお金も見つかったんでしょ？」

「うん。睨んだとおり、銀行の貸金庫だった。弁護士の名義で借りていたんだ」

すでに差し押さえて、暗号資産も美鈴に紹介されたハッカーに依頼し、すべてこちらのものになっている。同時に、クラウド保存されてあった被害者の動画やデータも消してもらった。

五嶋に残されているのは、手元にあったわずかな現金ぐらいだ。身のまわりの品物を売れば、いくらかにはなるであろうが、いずれマンションも追い出されるに違いない。

「業者からの代金は、言われた口座に振り込めばいいんでしょ」

「うん。美鈴先生には、本当に世話になったね。毎度のことだけど」

「あら、いいのよ。今回はわたしも紹介料と斡旋料を、業者からたんまりいただいているから」

美鈴が頰を緩める。買価があれなら、斡旋料もかなりの額になるだろう。

「だけど、訴えたら映像を公開するって脅されたのに、こっそり売られてたって知ったら、五嶋は怒るかしらね」

「そんな気力はないだろう。それに、あの映像が世に出回るのだって、避けられないと思うよ」

「でしょうね。いくら禁じたところで、誰かが動画共有サイトにアップしちゃうだろうし」

しばらく雑談したあと、忠雄は腰を浮かせた。

「じゃあ、失礼するよ。また何かのときにはよろしく」

「ええ。お電話待ってるわ」

笑顔で答えた美鈴が、ふと表情を曇らせる。

「……自殺した女の子、残念だったわね」

望月琴江のことだ。

「うん」

「助けてあげたかったわ」

「だけど、苦しんでいることを誰にも話せなかったみたいだし、難しかったと思うよ」

言い訳するように答えた忠雄であったが、思いは美鈴と一緒であった。

（性被害に遭ったのに訴えられないなんて、こんな世の中はどうかしている。被害者がちゃんと守られるように、司法だけでなく世間の意識も変えなくちゃいけないんだ）

そのためには、どうすればいいのだろう。琴江の死を知って以来、忠雄はずっと考え続けている。

（今度、島本さんに訊いてみよう）

被害者の立場で、それから支援者としても、こうなってほしいというビジョンがあるのではないか。被害者の情報を得るだけではなく、被害者を守るという観点で話をしたいと思った。

忠雄が島本春香を訪ねたのは、それから二週間後である。

「こちらをお納めください」

以前にも招かれた、事務所奥の部屋。応接セットのテーブルに置かれた小切手に、春香が困惑の面持ちを浮かべる。額面が大きかったせいだろう。

「え、これは？」

「性被害者救援の基金に」

寄付集めが始まっていることを、書記官の沙貴に聞いたのである。

「ありがとうございます。でも、こんなにたくさん？」

「ええ。島本さんなら、きっと被害者のために役立てていただけると思って」

「そうですか。信頼していただき、感謝申し上げます」

春香が深々と頭を下げる。

忠雄は緊張を隠せなかった。額面が額面だけに、お金の出所を訊かれるに違いなかったからだ。

そのときは、地裁の全職員に寄付を募ったと答えるつもりでいた。納得してもらえるかどうかはともかく、本当のことは言えない。

顔をあげた春香が、こちらの内心を窺うみたいに、じっと見つめてくる。忠雄はどぎまぎした。

「な、何か？」

「これがどういうお金なのか、お訊きしないほうがいいみたいですね」

心臓が不穏な高鳴りを示す。

（え、どういう意味だ？）

すべてわかっていると言いたげな彼女に、何も言えなくなる。少しでも喋ったら、ボロを出しそうな気がした。

すると、春香がさらりと話題を変える。

「五嶋幸造が行方をくらましたそうですね」

忠雄はますます動揺した。あいつから取り立てた金であると、彼女はやはり知っているのではないか。

（いや、まさか）

それを知っているのは、ゼロ地裁のメンバーのみだ。あのビデオに関わった人間はすべて、五嶋がどのどういう人物か聞かされていないのである。

よって、現場にすらいなかった春香が、知る由もない。

五嶋が行方知れずなのは事実だった。販売される動画のサンプルが、ダークウェブで評判になっているそうだから、彼もそれを見たのではないか。

顔もバッチリ映っており、いずれ表のアダルトサイトでも広まる恐れがある。知っている人間に見られたらまずいと、身を隠すことにしたのかもしれない。

ちなみに川鍋弁護士は、廃業が確定している。

あのビデオとは関係なく、これまでの不正や、十八歳未満の女子高生を買ったことなどが弁護士会に通報されたからだ。近く捜査も入るようである。

誰が通報したのかなんて、説明は不要であろう。

ともあれ、

「ありがとうございます。みんな山代さんのおかげです」

春香がまた頭を下げる。五嶋がいなくなったことにも、忠雄が関わっていると思っているようだ。

「い、いや――」

焦り気味に口を開きかけたものの、何をどう言えばいいのかわからない。

(やっぱりゼロ地裁について、何か摑んでいるのか?)

前にも浮かんだ疑念がぶり返す。さすがに地下の施設までは知らずとも、秘密裏に行動していると、確信に近いものを抱いている気がする。

地裁の人間で春香と親交があるのは、自分を除けば沙貴ぐらいだろう。けれど、彼女は表の書記官であり、裏の活動には関わっていない。ゼロ地裁の存在すら知らないのだ。

春香にはこれまでにも情報を求めたし、今回も琴江の件を教えられた。そのあとで五嶋が行方をくらまし、忠雄が多額の寄付を持参したのである。彼を「処理」したと思い込んでも不思議ではない。

（金は匿名で寄付したほうがよかったかな）

それも考えたのであるが、基金の性質上、出所の知れぬお金は受け取らないのではないかと危惧したのだ。

性被害者は偏見の目で見られることが多いため、活動は公明正大でなくてはならない。でないと謂れのない中傷に晒されると、春香自身が前に語ったのである。

ともあれ、ヘタなことを口にすれば墓穴を掘りかねない。ここは曖昧に誤魔化すのが得策だ。

「私は、大したことはしていません」

努めて冷静に答えると、春香がほほ笑んだ。

「ええ、それでいいと思います」

すべてを悟りきったふうな受け答えも気になる。しかし、黙って受け流すしかなかった。

「ところで、島本さんとは、一度じっくりお話ししたいと思っていたんです。こちらの活動について」

「わたしたちの、ですか？」

「はい。これまでは、私が被害者について教えていただくだけでした。けれど、私のほうも、こちらに協力できることがあるんじゃないかと思いまして」

春香が嬉しそうに頬を緩める。

「ありがとうございます。山代さんに協力していただけるなんて、百人力を得たようなものです」

「いや、そんなオーバーな」

「ですが、持ちつ持たれつでいいと思うんです」

「え？」

意味がわからず、忠雄は戸惑った。

「わたしたちの情報で真相が判明し、山代さんが加害者を正しく裁いてくださるのなら、他に望むものはありません」

「まあ、それは……」

「お気づきになっていないかもしれませんけど、わたしたちも山代さんに、いろいろと教えていただいているんですよ」

「え?」

「東京地裁が、性犯罪者を裁くために努力されていることや、どの事件を気にかけているのかとか」

「ああ……」

そういうことかと、忠雄は納得した。

(おれたちの裏の活動に、気づいたわけじゃないんだな)

与えた情報が生かされ、加害者たちが裁かれている。今回も五嶋から、民事で確定した賠償金をきっちり取り立てたのである。

性被害者の支援をしている春香にも、その件はどこからか伝わったのであろう。そして、多額の寄付金は、その過程で発見された五嶋の隠し財産だと察したのではないか。

後ろ暗い金ゆえ、没収されても五嶋は表沙汰にできない。さりとて、裁判所側も非合法的に得たお金であり、入手経路を明かせまいと気遣ったのだ。

そうに違いないと、忠雄は自らに言い聞かせた。でないと、春香と会うたびに、ビクビクしなくてはならない。

「ですが、こちらの活動や、被害者への対応については、いずれまた教えてください。職業柄、原告が性被害者のこともありますし、その方たちの力になりたいので」

「承知しました」

春香が笑顔でうなずく。それから、どこか安堵した面持ちで、

「山代さんのような方が裁判官で、本当によかったです」

「いえ、そんなことは」

「初めてお目にかかったときから感じてたんですけど、わたしたちって、目指すところがいっしょのように思えるんです」

「そうかもしれないですね。常に正しいことを求めているんですから」

「ええ……たとえ、どんな手を使ってでも――」

最後の言葉は小声だったため、忠雄には聞き取れなかった。

第三章　地獄で償え

1

　診察を終えて帰宅した佐久間秀継は、リビングに入ると手探りで壁のスイッチを入れた。

　天井の蛍光灯が、フローリングの八畳間を照らす。暗闇に明かりが満ちるその瞬間、秀継は部屋の中央に佇む、淡い影を見た気がした。

（由実子――）

　胸の内で、亡き妻の名を呼ぶ。影が見えたのは、血溜まりの中で彼女が横たわっていた場所だったのだ。

　由実子の霊が、まだこの場所にとどまっているのか。いや、そんなはずはない。あれから五年も経っているのだから。

それに、今みたいな残像を目にするようになったのは、ここ二週間のことである。本物の幽霊なら、もっと以前から見えているはず。

もっとも、今になって出てきたとしても、不思議ではない。その理由は、秀継にも容易に想像がついた。

(お迎えが近いんだな……)

間もなくこの世から去らねばならないようだ。ひとりで旅立つのは不安だろうと、妻が迎えに来てくれたのではないか。

《怖くないよ。いつでも大丈夫だから》

由実子の声が聞こえた気がして、目頭が熱くなる。結婚生活よりも長い時間を独りで過ごしてきたのに、彼女がいないことが未だに信じられない。

秀継は洗面所で手を洗い、ついでに顔も洗った。

鏡に映る濡れた顔は、肌の色がやけにくすんでいる。目の周りは特に黒い。腎臓が悪い者に現れる症状だ。

今日見せられた検査の結果は、これまでで最悪の数値であった。

『透析を覚悟されたほうがいいと思います』

そう言った主治医の表情には諦めと、どうして良くならないのかという苛立ちの両方が見て取れた。ちゃんと養生していないからだと責められているようにも思えたが、秀継は『わかりました』とうなずくしかなかった。

家系的に腎臓を悪くしがちで、父親も五十代のうちに病に倒れて早世した。自分はそうはなるまいと気をつけていたはずだったのに。

愛する妻ばかりか、生まれるはずだった我が子まで失ったあの日以来、生きる気力が著しく減退したのは確かである。

職場の後輩だった由実子とは、五つ違いである。一年半の交際を経て結婚すると、将来を見据えてすぐさま自宅を購入した。それから間もなく、彼女の妊娠が明らかになった。

家族が増えるし、家のローンもある。頑張って稼がねばならない。そのためには、まずは健康第一である。よって、定期的な検診も怠らなかった。

結婚以来、すべては順調であった。

責任を背負うことにも、秀継は生きがいを感じた。日々大きくなるお腹をさする由実子は、早くも母の顔を見せることがあって、愛情がいっそう深まった。彼女は妻であると同時に、かけがえのない我が子の母親でもあるのだから。

ところが、明るい未来はあっ気なく崩れ去った。今の自分には、他に誰もいない家のローン以外、何も残されていない。

そんな状況で、どうして健康に気を遣うことができようか。

(あの日、おれも由実子といっしょに殺されたんだ)

今の人生はまやかしである。そんなふうに思えてならない。

リビングに戻ると、秀継はフローリングの床を見つめた。

事件のあと、家を売ったらどうかと、何人もの知人に言われた。愛する奥さんが殺された家に住み続けるのは、精神衛生上もよくないと。母親からも、実家に戻ったらどうかと打診された。

それらの勧めをすべて断り、住み続けているのは、ここを出たら短くも幸せだった結婚生活まで否定される気がするからだ。

最期の場所はこの家だと、秀継は決めている。もう間もなくなのか、それともまだ先なのかはわからない。どちらにせよ、妻と同じ場所で逝きたかった。

事故物件を紹介するサイトで、ここが殺人事件のあった家だと表示されているのを見て、秀継はすぐさまサイトの管理人にクレームを入れた。

売りに出されていない家が、どうして事故物件になるのか。単なる興味本位の見世物にしているだけではないか。住んでいる遺族や、被害者の無念さを考えたことがあるのかと。

間もなく表示がはずされたのは、こちらの思いが伝わったからではないのだろう。面倒なやつを相手にしたくなかっただけに違いない。

それでも、晒しものにされるよりはマシだ。

フローリングは綺麗になっており、遺体や血の痕跡はまったくない。それでも、秀継の脳裏には、あの日目撃した凄惨な光景が、どれだけ強くこすっても取れない染みのごとく残っている。

（どうせなら、ちゃんと出てきてくれないか、由実子――）

幽霊でもいい。愛する妻に会いたかった。

世界が一変したあの日、秀継が会社から自宅に戻ったのは、いつもと変わらず午後六時半頃であった。

そのとき、妙だと感じたのは、玄関のドアが施錠されていないのに、家の中の明かりが消えていたからだ。いつもなら、妻の由実子が夕餉の支度をしている時間なのに。

場面を何度も目にした。

（疲れて休んでいるのかな）

出産予定日は二ヶ月後でも、初産ということで不安があるのだろう。相応に大きくなったお腹をさすりながら、元気で生まれてきてねと祈るように話しかける場面を何度も目にした。

外出のときも転ばないよう、慎重に歩く。好きだったハイヒールも封印し、ぺったんこのシューズを履いていた。

そんなふうに普段から注意していれば、気疲れするのも無理はない。昼寝をしたせいで夕食の支度が遅くなったと、謝られたことが最近もあった。

このときも、由実子はまだ寝ているのだと思った。秀継は彼女を起こさないように、足音を忍ばせてリビングに進んだ。ゆっくり休ませてあげたかったのだ。

ところが、手探りで明かりのスイッチを入れたところ、由実子がそこにいたのである。てっきり、二階の寝室で横になっていると思ったのに。

「おい、何だってこんなところに――」

そこまで言って、言葉を失う。

彼女は赤い敷物の上で、同じ色の毛布をお腹に掛けて寝ているように見えた。

けれど、それは生乾きと思しき赤い液体であった。

（血――）

蛍光灯に照らされて、鈍い光を反射させるおびただしい体液が、下半身とフローリングの床を彩っている。さらに、スカートが大きくめくられて、下半身があらわになっていることにも気がついた。

最初は、予定よりも早く子供が生まれたのかと思った。出血は産道からで、突然の陣痛に救急車を呼べなかったのかと。

しかし、お腹は大きなままだし、赤ん坊の姿もない。

由実子はぴくりとも動かない。瞼（まぶた）は閉じられていたが、眠っているのでないのは明らかだった。

「まったく、ふざけるなよ」

次の瞬間、怒りとともにほとばしった言葉に、秀継自身驚いていた。

きっと彼女は、凄惨な殺人現場を偽装して、驚かせようとしているのだ。妻の死に直面し、狼狽（ろうばい）する夫を笑ってやろうと。

だが、由実子はそんな趣味の悪い揶揄（からか）いができる性格ではない。何よりもお腹の子を案じていたのに、無防備に肌を晒すはずがなかった。

なのに、ほんの刹那（せつな）でも悪戯（いたずら）だと決めつけたのは、これが現実だと認めたくなかったからである。

「由実子、おい、由実子」

何度も妻の名前を呼ぶ。返事はない。『嘘だよー』と明るく笑って起きあがる姿が一瞬浮かんだが、切望が見せた幻影だったらしい。

警察を呼ばなくてはと、意識の片隅から命じるものがいた。明らかに犯罪現場であり、愛する妻にこんなことをした悪党を捕まえるためにも、通報しなければならない。

その程度は一般常識として理解していたはずなのに、秀継は鞄にしまってあったスマホに手をのばすことすらできずにいた。

もしも警察が来たら、由実子のこんな姿を見られるのだ。さらに、あちこち調べられ、夫の自分でも知らないようなところまで暴かれてしまう。そう考えると、この場に赤の他人を呼ぶことがためらわれた。

秀継が何よりも恐れたのは、彼女が死んでいると宣告されることだった。

血溜まりの中で、まったく動かない妻。剝き出しの腹部も上下していない。血は端のほうが黒く変色し、乾き始めているようである。

それでも、死んでいると認めたくなかった。ならば救急車を呼べばいいのだが、残酷な事実を突きつけられることに変わりはない。

秀継が由実子に触れなかったのは、犯罪現場を保存するためではなかった。彼女の死を実感したくなくて、触れることが単純に怖かったのだ。あんなに愛していたというのに。

どれほどの時間が経過したのか、定かではない。それまで感じていた鉛のような血臭に鼻が慣れてようやく、秀継は鞄からスマホを取り出した。

一一〇番通報は選択肢になかった。最初は自分の母親か、由実子の両親に電話を掛けようとしたのである。

けれど、自分でも認めたくない妻の死を、どう伝えればいいのだろう。何も言葉が浮かばずに断念した。

結局、会社の同僚で、最も仲がいい河口に電話をした。

『おお、どうした』

いつもの調子で明るく応答した彼の背後から、賑やかな声がする。独身の彼は、会社帰りにどこかで飲んでいるようだ。

「……妻が、由実子が――」

『ん、奥さんがどうした？』

「血が……血まみれで、動かなくって」

『おい、何を言ってるんだよ？　家なのか？　だったら奥さんに代われよ』

「無理だよ。由実子は、もう――」

『もしもし。おい、どうした？　奥さんがどうかしたのか⁉』

「死……死んで」

『佐久間、おい、冗談にもほどがあるぞ。奥さん、そこにいるんだろ？』

「ああ、あ、うああああああっ！」

それ以上の会話は無理だった。友人に話したことで、目の前の光景がいよいよ現実のものとして迫り、正気を失いかける。

「由実子ッ、由実子ぉおお」

妻の名前を叫び、嗚咽（おえつ）する。さすがに様子がおかしいと察した河口が、タクシーを飛ばして家にやって来るまで、秀継は事切れた妻の横で泣き続けた。

河口が通報して警察がやって来たのは、秀継が遺体を発見した一時間後であった。妻の横で、長く逡巡（しゅんじゅん）していた気がしたが、実際はそこまで時間が経っていなかったようである。

それでも、すぐに通報せず、しかも友人に電話したということで、秀継は真っ先に犯人として疑われた。殺人事件ではまず身内に嫌疑が掛けられる上、行動が常識からはずれていたのだ。無理もない。

それでも、死亡推定時刻には会社にいたことが証明され、直ちに容疑者から除かれた。というより、別に有力な容疑者が浮かんだのである。

佐久間由実子が殺害されたと見られる時間、佐久間家から逃げるように走り去った若い男がいたと近所の主婦が証言した。同様の目撃者は他にもいて、その男が被害者宅からほど近いアパートに住む杉森和也であると判明したのは、翌日の夕方だった。

妊婦殺害事件の容疑者が逮捕されたと、一報が出たのがその日の夜。容疑者の氏名が出なかったのは、まだ十九歳の少年だったからである。

そこから、興味本位の報道合戦が始まった。殺されたのが二十七歳の若い妊婦であり、気立てがよくて美人だというのも、耳目を集める餌にされた。

遺体の状況について、警察は詳細を発表しなかった。刺し傷が二十箇所を超えていたし、まさに血の海という惨状ゆえ控えたのである。秀継も、無残な最期だった妻を晒しものにしないでほしいと懇願した。

にもかかわらず、いつの間にか現場の詳細が、図解つきで世に出る。レイプ目的だったという容疑者の動機が明かされるや、殺される前に犯された、あるいは屍姦（しかん）されたなどと、被害者を辱（はずか）しめる臆測が溢れた。

それまで、秀継はどれだけマスコミに求められようとも、インタビューや記者会見を拒んだ。ひと前で話せる心境になれなかったし、過去の報道を見ても、遺族は事件の添え物にされ、悲しみも苦しみも蔑（ないがし）ろにされるだけだとわかっていたからだ。

しかし、亡き妻が貶（おとし）められるのを、見過ごすわけにはいかない。

秀継は記者会見を開いた。被害者や遺族に配慮して、興味本位の報道や臆測を控えてほしいと、誠意を込めて訴えた。

ところが、その場である女性記者が、こんな質問をしたのである。

「奥様のご遺体を発見したあと、警察に通報するまで時間がかかったのはなぜなんでしょうか？」

その件は友人の河口以外、捜査関係者しか知らないことであった。

いったいどこから話が洩れたのか。秀継は驚愕（きょうがく）のあまり絶句した。そんな彼に、多数のフラッシュが浴びせられた。

被害者の夫が怪しいという言説がネットに流れたのは、その直後からだった。実は夫が妻を殺すよう依頼したのだと、したり顔で述べる者が現れる。さらに、共犯である容疑者が現場にまだいたので、逃がすために時間を稼いだのだと、時系列を無視した推理を披露する者もいた。

他にも、都合の悪い証拠を隠すための時間稼ぎだったなど、世にはびこる自称クレバーな探偵たちが、こぞって「真実」を垂れ流す。遺体を発見したのなら、直ちに警察を呼ぶはずだとの根拠を盾に。

著名人と呼ばれる者の中にも、この説に乗る者がいた。

右翼系の論者を標榜するその作家は、ネットに書かれていた《被害者は元風俗嬢である》という出鱈目な言説を信じ込み、夫ひとりでは満足できなかった佐久間由実子が、自ら容疑者を招き入れたというストーリーをでっち上げた。そして、容疑者が帰ったあとに帰宅した秀継が彼女の浮気に気づき、逆上して殺したのだと決めつけたのだ。世間知らずだった容疑者は自分のせいだと責任を感じて、なすりつけられた罪を受け入れたのだというのが彼の見解である。

もはや原典を喪失した劣悪な創作に、あちこちから酷すぎると指摘が入る。それでもムキになって自説を曲げないものだから、さすがに捨て置けないと、秀継はのちにその作家を訴えた。

結果として、かたちばかりの謝罪と、数十万円の賠償金を得たものの、彼はその後もネット上で出鱈目な論を発表し続けている。懲りない人間は、何があっても懲りないのだ。

そういう極端な事例はさておき、杉森和也が起訴され、彼の単独犯であるとの結論が検察より示されても、秀継への疑いは消えなかった。すぐに通報しなかったことにこだわる人間が、それだけ多かったのである。

(だったらお前たちは、愛する家族が殺されても、冷静に対処できるっていうのか⁉)

秀継は世間に向けて叫びたかった。妻を殺され、血溜まりに横たわる無残な遺体を発見したこともないくせに、どうしてすぐ通報できるはずだなんて決めつけられるのか。

だが、そんな反論をしても、火に油を注ぐのみだ。あの作家と同じく、己の愚かさに気がつかないやつには、何を言っても無駄である。

秀継は裁判の行方にのみ気持ちを集中させることにした。欲望本位で妻の命を奪ったあいつに、最高刑が下されることを心から願った。

ところが、人権派を名乗る弁護士が杉森の担当をすることになり、雲行きが怪しくなる。死刑反対論者でもある彼は、未成年の犯罪者に厳罰を求める風潮も潔しとせず、少ない報酬で弁護を買って出たという。

なお、公判における検察側の主張はこうである。

被告人杉森和也は、最初からレイプ目的で佐久間家を訪れ、顔見知りである被害者の善意につけ込み自宅へあがった。しかし、抱きついたところで被害者に抵抗されたために逆上し、持参したナイフで殺害した。

被告人が取調で供述した内容も、概ねこの通りであったにもかかわらず、弁護士はそれらをすべて否定した。

弁護人の論述した事件のあらましは、次の通りである。

被告人は孤独だった。東京での独り暮らしで友人もおらず、アルバイト先とアパートを往復するだけの日々。まだ十代であり、誰かに頼りたい、甘えたいと思っても、そんな相手はいない。渇望し、癒やしを求めていた。

その日、被告人はたまたま被害者と顔を合わせた。以前、挨拶に応えてくれたこともあり、彼女に好意を寄せていた被告人は、ただ話がしたくて被害者宅を訪れた。

妊娠中だった被害者は、若くても母性が溢れていた。被告人はますます甘えたい気持ちが強まり、我慢できず被害者に抱きついてしまった。

暴行されると誤解した被害者が抵抗する。若い被告人は激しく動揺した。誤解を解こうにもうまく言葉が見つからず、頭にカッと血が昇る。

気がついたら、持っていたナイフで被害者を刺していた。

そんな馬鹿な話があるかと、秀継は傍聴席で叫びたかった。殊勝（しゅしょう）なフリを装ってうな垂（だ）れていても、杉森和也は甘えたいなんてタマではない。欲望を抑えきれないケダモノだ。

ならば、どうしてナイフを持っていたのかという反論にも、弁護士はしれっとして答えた。

孤独な少年は、誰かに襲われるのではないかと、常に周囲を恐れるのです。自衛のためにナイフを所持していても、何ら不思議はない。それが銃刀法違反という罪に問われるなんて認識もなかったのです、と。

詭弁（きべん）ここに極まれりという主張に、秀継は怒りで身を震わせた。この弁護士こそ、愛する者を惨殺されるべきである。その殺したやつを、お前は同じように弁護できるのか。

供述書の内容も誘導されたものだと、弁護士は述べた。初犯であり、取調のなんたるかもわからない少年は、つい刑事や検事の言うことにうなずいてしまったのであると。

この弁護が功を奏したところがあるとすれば、秀継への疑いが影をひそめたことであろう。被害者遺族の感情を軽視した主張に、弁護士へのバッシングが高まった。

さらに、本業よりもテレビ出演で忙しい同業者が、こんな弁護士は辞めるべきだと庶民の味方をアピールする。それに対して、言われた側が訴訟を匂わせるなど、場外乱闘の様相を呈した。

かくして、真実らしい真実も明らかにされぬまま、公判は終結した。

求刑が有期刑であったときから、死刑以外には考えられないと、秀継はメディアを通じて訴えた。ふたつの命が奪われたのに、どうして軽い罰で済むのかと。またも要らぬ非難を浴びるのではないかと怯(ひる)みつつも、言わずにはいられなかったのだ。

同じ犯罪被害者など、賛同した有志が死刑判決を求める署名を集めてくれる。けれど、そんなことで裁判の結果が変わるはずがない。判決は求刑を下回る、懲役十三年であった。

弁護士は刑が重すぎると控訴したが、被告人がこれを取り下げる。検察も控訴を断念して、一審で刑が確定した。

秀継には、到底受け容れられなかった。

民事でも訴えたのは、このままでは済まされないという思いからだった。おかげで、刑事裁判では曖昧のまま終わった動機も、民事ではレイプ目的だったと認定された。例の弁護士は控訴できなかったためにヘソを曲げたのか、はたまた民事には興味がないのか、弁護を買って出なかったのも幸いした。

しかしながら、杉森には民事の判決など、些末な事柄だったらしい。

表面上は謝罪の意を示し、賠償金の支払を約束する。しかし、本当に果たすつもりなのか怪しいものだ。善良であるとわかる彼の両親が、私たちも一緒に償いますと涙ながらに詫びたのが、せめてもの救いだった。

杉森が服役すると、秀継は仮釈放を絶対にさせぬよう、刑務所長や更生保護委員会に訴えた。また、ホームページを開設し、犯罪被害者を救済するための制度を充実させ、費用の一部を加害者にも賄わせるべきだと提言した。さらに、たとえ少年であっても厳罰を下すべきだと、署名運動も展開した。

裁判中から健康状態が思わしくなく、彼は病院通いも余儀なくされていた。本当は休養を取らねばならなかったのである。

だが、何もしないでいると、妻の無残な姿が脳裏に浮かび、ところかまわず叫びたくなるのだ。そのため、寸暇を惜しんで活動を続けた。

会社は仕事の負担が軽い部署に異動させるなど、秀継をフォローしてくれた。また、ホームページの意見に賛同し、励ましのメールを送ってくれるひともいた。

一方で、誹謗中傷も少なからずあった。

秀継はホームページで、刑事裁判の弁護士を徹底的に批判した。彼の主張を絵空事だと断定し、有名になるために裁判を利用しただけだとも決めつけた。公判の最中に言いたかったことを、余さずしたためたのである。

これに、弁護士本人は何も反応しなかった。そんな批判は慣れているのか、それとも反論したらボロが出ると思ったのかはわからない。

ただ、彼の姿勢や考え方に賛同している者たちは、おとなしくしていなかった。匿名掲示板やＳＮＳで、秀継を名指しで貶めた。

曰く、未熟な少年が犯した罪を許せない男に、そもそも親になる資格はなかった。曰く、子供が無事に生まれていても、父親に恵まれず、不幸な一生を送っただろう。曰く、奥さんもいずれはＤＶ被害者になったに違いない、など。

それが弁護士のシンパ連中の仕業だと、確たる証拠があったわけではない。だが、主張内容は明らかに少年寄りで、加害者に厳罰を望んだ秀継の姿勢を責めるものだった。

それらとは別に、民事でも訴えたことを、妻の命を金で買うのかと非難した書き込みもあった。

どうして被害者である自分が、ここまで苦しまなくてはならないのか。ネットの言葉がナイフとなってからだじゅうに刺さり、秀継も満身創痍であった。からだだけでなく、心もボロボロであった。

精神的にも肉体的にも、彼は限界を迎えつつあった。

そんなふうだったから、誰もいないはずの室内で、亡き妻の幻影を見たのかもしれない。時間が過ぎても忘れられず、情愛は深まるばかりであったから。

その晩、秀継は夢の中で、妻と再会した。

名前を呼んでも、彼女は応えてくれなかった。背中を向けて歩き出し、二度と振り返らなかった。

秀継は懸命に追いかけようとしたが、足が動かない。泣きながら名前を叫ぶうちに、声も出なくなる。

目が覚めたとき、枕が涙でじっとりと濡れていた。

夢も現実も変わらない。いくら呼んでも、彼女は二度と戻らない。

夜明け前の寝室で、秀継は声をあげて泣いた。

2

府中刑務所、夜の雑居房――。

消灯時刻を過ぎ、杉森和也は蒲団にくるまっていたものの、まだ眠っていなかった。目が冴えていた上に、夕方から勃起しっぱなしだったから、これを鎮(しず)める必要があったのだ。

同じ房には、他に三人いる。彼らの鼾(いびき)を確認し、和也は猛(たけ)る器官を下着から掴み出した。

「むぅ」

快さが広がり、たまらず呻いてしまう。

まだ二十代で若いから、精力が有り余っているのは当然である。まして、女っ気のない刑務所で、禁欲生活を強いられていれば尚のことに。

もっとも、和也の昂り(たかぶり)が著しいのは、同じ作業場で働くようになった新入りのせいなのだ。

新入りとはいっても、和也よりふたつ年上である。強盗未遂で懲役を喰らったという彼は、とにかくでかいことがやりたいとうそぶいた。罪状も未遂なのが不満のようで、次こそうまくやる、何なら二、三人ぶち殺してやるんだと、威勢のいいことを言った。

そういうやつだから、十代で殺人を犯した和也は、尊敬に値(あたい)するらしい。彼のほうが年上なのに、兄貴と呼ばせてほしいなどと、すっかり舎弟(しゃてい)になったつもりでいる。

慕われれば、和也とて悪い気はしない。休憩中や自由時間に、請われるままに妊婦を殺したときのことを話して聞かせた。

彼は聞き上手だった。この上ないタイミングで相槌を打ち、感心した面持ちを見せる。取調でも明かさなかったところを適当にぼやかすと、実はもっとすごいことをしてるんじゃないですかとおだてる。

気がつけば、犯行の一部始終を、微に入り細に入り語っていた。

すでに裁判は終わっている。今さら真実を知られてもかまわない。一事不再理なのだから。

それよりも、話したことで当時の記憶がありありと蘇り、和也は昂奮せずにいられなかった。

妊婦の腹を刺した感触を事細かに説明したときなど、ブリーフの内側でペニスが爆発しそうであった。実際、あのときも射精したのであり、条件反射のようなものであったろう。

結果、夜になっても昂奮がおさまらず、和也はオナニーをすることにした。オカズにするのはもちろん、自身の第一の殺人である。

あれで終わりにするつもりはなかった。今回は捕まってしまったが、幸いにも早くシャバに出られそうである。

そうしたら、また殺すつもりだった。

(やっぱり妊婦がいいかな)

最初の獲物が素晴らしかったぶん、妥協はしたくない。自分ばかりか、赤ん坊の命まで奪われることへの嘆きをあらわにした顔に、和也は激しく昂ったのだ。

(いっそ母親と子供っていう手もあるぞ)

目の前で子供を殺されて、嘆く姿も見てみたい。そのあとで絶望に打ちひしがれる母親のほうも、じっくりと始末してやるのだ。

いや、すぐに殺すのはもったいない。母親が見ている前で幼い娘をレイプし、犯しながら殺すというのも乙(おつ)である。そして、母親も同じ目に遭わせるというのはどうだろう。

そんな場面を想像するのも愉しかったが、自慰のネタとしてはもの足りない。実際に殺したときの喜びに優(まさ)るものはないのだ。

五年前のあの日に記憶を巻き戻し、和也は鋼鉄のごときイチモツをゆるゆるとしごいた。

いったんアパートに戻ってナイフを持参したのは、もちろん若い妊婦を脅すためである。計画通りに適当な紙を持って訪ね、町内会の書類に記入してほしいとお願いしたところ、彼女は少しも疑わずに招き入れてくれた。

これならヤレると、和也は確信した。リビングに入った直後にナイフを突きつけ、おとなしくしろと告げたのである。

ところが悲鳴をあげられ、激しい抵抗にあった。

お腹の赤ちゃんを守るために、すんなり身を任せると思っていたのだ。想定外の反応に、和也は慌てた。こんなはずじゃなかったのにという苛立ちが、彼女への憎しみに昇華される。

――そんなにおれとヤリたくないのかよ？

好きな子に告白したこともない和也は、初めて異性から拒まれたのである。女は犯されるために存在すると、もともと下に見ていたためもあって、逆らったのが許せなかった。

気がつけば、彼女の腹にナイフを突き立てていた。

その瞬間は、しまったと思ったのである。まだセックスをしていないのに刺すなんてと。さすがに血まみれや、死んだ女は抱きたくなかった。

だが、驚愕と恐怖で目を見開いた若い妊婦の顔を見るなり、背すじを甘美な衝撃が駆け抜ける。

――おれは、この女を完全に支配したんだ！

命を手玉に取るという、性行為以上の征服感。何しろ、たったひと突きで抵抗しなくなったのだ。

リビングに崩れ落ちた女のスカートを、和也は大きくめくり上げた。下着や性器を見たかったわけではない。自分が刺した傷を確認するためだった。

彼女は腹巻きをしており、そこに血が滲んでいる。大きくて厚手のそれが、赤ちゃんのいる大切なお腹を守るためのものであることなど、彼にとってはどうでもよかった。無造作に引き下ろし、ついでに色気のないベージュのパンティも毟り取った。

『ダメ……やめて――』

弱々しい声での哀願に、ますます血が滾る。刺した傷はあまり深くないらしく、出血も多くなかった。

当然、痛みはあるのだろう。けれど、それよりは刺されたという事実が、彼女の力を奪ったようだ。

『だからおとなしくしてろって言っただろう』

身勝手な脅しを口にして、和也はナイフの刃先を盛りあがった腹部の頂上に当てた。途端に、彼女の目から涙がこぼれる。

『イヤ、殺さないで』

ようやく発せられた命乞いに、今さら遅いと睨みつける。

『お前が悪いんだ』

少し力を入れただけで、ナイフは妊婦の腹にすっと吸い込まれた。

『うっ』

彼女はわずかに呻いただけであった。眉間に深く刻まれたシワが意味するのは激痛なのか、それとも、体内に侵入した異物への違和感なのか。

和也にはどうでもよかった。なぜなら、刺した瞬間に、さっき以上の感動と昂奮を味わったからだ。

ナイフを抜くと、傷口から赤い血がピュッとはじける。そんな光景にも胸を躍らせ、和也は何度も大きなお腹を刺した。刃が突き立てられる瞬間の、得も言われぬ感覚に陶酔しながら。

気がつけば、彼女の下半身は血まみれになっていた。

荒い息遣いが聞こえる。彼女はまだ事切れていなかった。目を見開き、絶望の面差しで天井を見あげている。

往生際が悪いなと、和也は思った。ブリーフの内側では、最大限に膨張したペニスが雄々しい脈打ちを示している。それもまた、彼の暴力性を煽った。

『赤ん坊といっしょに、あの世へ送ってやるよ』

ナイフの刃先を、腹部の下側へと移動させる。すると、彼女が弱々しく首を横に振った。

『ダメ……赤ちゃんは——』

そのあたりに、もうひとつの命があるのだ。

『お前も子供も生きられないんだ。諦めな』

冷たい宣告を口にすることにも酔いしれ、これまで以上に深々と抉る。そのとき、子宮に到達したナイフが幼い命を奪ったのを、和也は確信した。

『おおお』

歓喜に包まれて射精する。妊婦の掠れた嘆きを耳にしながら、粘っこい体液を幾度も放った。

——これが殺すってことなのか!

なんて感動的なのだろう。体内に力が満ちあふれるのを感じる。絶対的な支配者しか味わえない快感なのだ。

——もっと殺したい。

新たな衝動に総身が震える。

『ごめんね……』

それが母親になり損ねた女の、最後の言葉であった。

彼女は観念したみたいに瞼を閉じていた。目尻からこぼれた涙が、フローリングの床に小さな水溜まりをこしらえている。

そんな光景にもまったく心を動かされず、和也はナイフを抜いた。弱々しい血飛沫が、赤ん坊が生まれてくるはずだった場所に降りかかる。

女はピクリとも動かなくなった。

――逃げなくちゃ。

和也は我に返った。こんなことで捕まるわけにはいかない。まだたったひとりしか殺していないのだから。

――おれは殺し屋だ。稀代の殺人マシーンなんだ！

子供じみたフレーズに笑みを浮かべ、立ちあがって部屋を出る。返り血を浴びていたが、服もズボンも黒だから、まったく目立たない。ナイフはシャツの内側に隠した。

――これから何人も殺してやるからな。

和也は高揚した気分で、アパートへの道を急いだ。さっきまで嗅いでいた、新鮮な血の匂いを反芻しながら。

以来、そのときのことを思い出し、何度自慰に耽っただろうか。

「うう」

他に聞かれないように呻き、和也は今またおびただしい体液を放った。あらかじめ用意してあった、折り畳んだトイレットペーパー目がけて。

蒲団の中に青くさい匂いが漂う。心地よい虚脱感にまみれ、彼は丸めた薄紙を外に出した。

同房のやつらにそれを見られたら、昨夜シコったなと嘲られるであろう。べつにかまわない。三流のチンピラどもと違って、自分はひとの生き死にを操れる、神にも等しい人間なのだから。

勃起が萎えて、ようやく落ち着いて眠れる。

いい夢が見られそうだと、和也は思った。もちろん、あの殺人を再現する夢である。

3

「杉森和也は、両親との面会を拒んでいます」

ゼロ地裁の会議室。藤太の報告に、忠雄は眉をひそめた。

「どうして?」

「もともと相容れないところはあったようなんですが、反省して真っ当な人間になるようにと諭されるのが嫌になったんでしょう。特に母親は、いつも涙をこぼしながら頼んでいましたから」

「なるほど」

忠雄はうなずき、やり切れなくため息をついた。

「つまり、真っ当な人間になる心づもりは、これっぽっちもないってことか」

「ええ」

その証拠となる音声を、たった今聞いたばかりである。杉森和也が、佐久間由実子を殺害したときの状況や心情を嬉々として語ったところを。さらに、出所したらもっとたくさん殺したいとも言ってのけた。

彼はもはや人間ではない。血に飢えた野獣である。野に放ったら、善良なひとびとに災厄が及ぶ。

「あんなにいいご両親から、どうして杉森みたいな悪魔が生まれたんでしょうかねえ」

藤太がため息をつく。

「面会のあとでおふたりと話をしたんですが、佐久間さんへ払う賠償金を貯めているそうです。杉森があんなことをしたせいで仕事をやめたから、暮らしは楽ではないはずなんですが」

報道で氏名は伏せられていたが、妊婦殺害の犯人は杉森和也だと、ネット上では早い時期から特定されていた。

そうなれば、非難の矛先は家族にも向かう。特に両親は、どんな教育をしてきたのだと責められ、氏名や職業も晒された。

そのため、父親は会社を、母親は介護の仕事を辞めることを余儀なくされた。さらに、わざわざ訪ねてくる動画配信者もいて、ご近所にも迷惑がかかるからと、転居せねばならなくなった。

「ご両親に罪はないのに」

修一郎のつぶやきに、忠雄は小さくかぶりを振った。

「彼らは、そうは思っていないさ。ちゃんと育ててきたつもりでも、どこかに至らない点があったんじゃないか、性格が歪んでいくのを見落としたんじゃないかと自らを責める。それが親だ」

自身も娘ふたりの父親である。子育てには責任が伴うし、だからこそ成長を目の当たりにする喜びが大きいのだ。

　そしてまた、逆も然りである。子供の過ちは、何よりも親を苦しめる。

「なのに、本人は賠償金を払う気がかけらもないとは」

　藤太がやれやれと肩をすくめる。信奉者のフリをして近づいた受刑者に、民事賠償の件を訊ねられて、杉森はこう答えたのである。

『そんなもの払う必要はないんだよ。これまで、賠償金の未払いで逮捕されたやつがいたか？　金がないって言っておけば、あいつらはどうすることもできないんだ』

　愉快そうに言ってのけた彼の、民事法廷で見せた反省の態度は、やはりまやかしだったのである。

「杉森と同じ考えの持ち主は珍しくないさ。それこそ、谷地君は大勢見てきただろうし」

　忠雄に言われて、修一郎は苦々しげに「ええ」とうなずいた。執行官として、そんな連中の給与や財産を差し押さえ、取り立ててきたのである。

「人間っていうのは、苦しんでいる被害者がいて、そこに自分が関わっているとわかれば、罪悪感を覚えるものなんだ。たとえ、直接手を下していないとしても。杉森の両親が、まさにそれだよ。被害者や遺族に、心から申し訳ないと思っている。それから、北野倫華の仲間だって、当初は巻き込まれただけの傍観者という振る舞いだったが、最終的に悪かったと認めて謝罪しただろう。あれが本来の、真っ当な人間の姿だよ」

常々感じていたことを、忠雄は吐露した。

「自分はまったく無関係だ。あるいは関係していても、金なんか払わなくてもいい。そんなふうに考えられるのは、人間の皮をかぶっただけの、人間ではない生き物なのさ」

「そうですね。そう思います」

修一郎がうなずく。そういうやつらを多く目にしてきた実感を込めて。

「だからこそ、我々ゼロ地裁が存在するんだ。反省も後悔もしないやつらから、あらゆるものを奪い取り、被害者や遺族に還元するために」

「ええ。徹底的にやらなくちゃいけません」

藤太も同意する。

「まして、杉森は殺人鬼だ。殺すことに躊躇(ちゅうちょ)を覚えないどころか、快楽を得るための手段として、今後も殺し続けるつもりでいる。いや、刑務所を出たら、間違いなく手を血で染める。そうなる前に、処理しなければならない」

　忠雄は他のふたりを順番に見つめた。

「やつには命で償ってもらう」

　その決断は初めてではない。だが、ゼロ地裁の裁判官としては、できれば避けたい判決であった。

　しかし、今回は他の選択肢が考えられなかった。

「それしかないでしょう」

「おれもそう思います」

　藤太と修一郎の賛同に、忠雄は力を与えられた心地がした。ひとりではなく仲間がいるから、つらい決断も下せるのである。

「もちろん、ただあの世へ送るだけじゃ足りない。あいつのせいで今も苦しんでいる遺族――佐久間さんのためにも、罪の代償をからだで払ってもらう」

「判事のお考えに異存はありませんが、やつが出所するのを待つんですか？」

　藤太が疑問を抱いたのは当然であろう。

　杉森は現在、刑務所にいる。そこは犯罪者にとって、ある意味最も安全な場所なのだ。

刑務所内でやつを殺すのは難しい。ただ命を奪うだけなら可能であっても、代償を払わせるのは無理である。

また、刑務所内で動けるのは、この中では藤太だけだ。彼ひとりに負担を強いるわけにもいかない。

それでいて、急いで方をつける必要があった。

「悠長に待っている時間はない。佐久間さんの病状は深刻なようだし、杉森が出てくるのを待っていたら、あのひとが生きる気力を失ってしまう」

「なら、脱獄でもさせましょうか」

「その必要はない。杉森にはいちおう服役してもらう。少なくとも、仮釈放が認められるまでのあいだは」

忠雄の言葉に、修一郎と藤太が顔を見合わせる。

「もちろんそれは、表向きの話だがね」

続いて明かされた計画に、ふたりは驚愕の色を浮かべた。

「そんなことが可能なんですか？」

修一郎が戸惑い気味に訊ねる。

「うん。こっちには美鈴先生がいるからね」

「なら大丈夫でしょう」

藤太がうなずく。歌舞伎町の美人女医を、それだけ信頼しているのだ。

「そういうことだから、今回も立花さんには動いてもらうよ」

「わかりました。今度は歌舞伎町の客引きよりも難しそうですな」

前回の役割を思い出し、ニヤリと笑う。なお、ガールズバーで五嶋に薬を飲ませたのは、もちろん美鈴である。

「苦労を掛けることになると思う。そのときは、谷地君も協力してくれ」

「もちろんです。杉森を葬（ほうむ）れるのであれば、なんでもやります」

メンバーの力強い返答に、忠雄は改めて気を引き締めた。

（失敗は許されない。必ずやり遂げなくちゃいけないぞ）

悪党に引導を渡すのだ。しかも、誰にも知られることのないように。

こんな難しい課題を成就（じょうじゅ）するのには、やはり美鈴の協力が不可欠であった。

——三日前、忠雄は歌舞伎町を訪れた。美鈴に「計画」が可能かどうかを訊ねるために。

「またとんでもないことを考えたわね」

彼女はあきれた面持ちを見せたものの、目が妙にきらめいていた。明らかに面白がっており、色好い返事が期待できる証拠である。

「無理かな？」

「ううん。臓器移植そのものは、今はハードルがかなり下がってるの。昔みたいに、身内じゃないとうまく適合しないなんてことはないわ。免疫抑制剤がよくなってるから、拒絶反応はだいたい抑えられるし」

「じゃあ、そっちは問題ないんだね」

「ええ。問題は、身代わりをどうするかってほうね」

美鈴が腕組みをし、脚を高く組む。女らしい美脚が付け根近くまであらわになり、忠雄はそれとなく視線をはずした。

「たしかに、そう簡単じゃないことはわかってるけど――」

言いかけた言葉を遮るように、

「簡単よ」

彼女があっさり言ったものだから、忠雄は前のめりになった。

「え、簡単？」

「むしろ、誰にしようかって迷ってたの」

思わせぶりにニッコリと笑った美鈴が、歌舞伎町の実情を話した。

「ここには姿をくらましたい、できれば別の人生を歩みたいって人間がごまんといるの。今の話を教えたら、我も我もって候補者が殺到すると思うわ」

「そんなにかい？」

「ええ」

「刑務所に入ることになるんだよ」

「あら、ここらでウロウロしているよりも、刑務所の中のほうがずっと安全よ。特に、脛（すね）に傷を持つ連中には。三食も保証されるしね」

身よりもお金もない高齢者が、刑務所に入るためにわざと罪を犯すのは珍しくない。けれど、それ以外にも服役のほうがマシだと考える連中がいるとは思わなかった。

とは言え、そういう人間がいないことには、今回の計画は成り立たない。杉森和也そっくりの人間を仕立てあげ、本人と入れ替えるのだから。

「そいつの写真を見せて」

「ああ、うん」

忠雄は持参した杉森和也の写真を渡した。逮捕されたときのマグショットである。刑務所内で今の姿を撮影するのは困難で、これしか手に入らなかったのだ。

「ずいぶん若いわね」

「五年前の、まだ十九歳のときだから」

「十九歳なら、もう骨格は出来上がってるし、参考資料としては問題ないわ。ええと、身長と体重は？」

藤太に入手してもらった、直近の健康診断のデータを告げる。美鈴は天井を見あげて考え込んだ。

「体重はどうにかなるとして、そのぐらいの身長の人間となると——」

しばし考え込んでから、美鈴は指をパチンと鳴らした。

「うん。おあつらえ向きの人間がいるわ。同じタイプの顔で、年齢は三十歳を過ぎてるけど、見た目を若くするのは簡単だし」

彼女の整形手術が神業（かみわざ）なのは、北野倫華で実証済みである。

「それって何者？」

「中国から来た殺し屋よ。公安に追われて日本まで逃げてきたの」

物騒な候補者を口にされ、忠雄はギョッとした。

「そんなやつと知り合いなのかい？」

「知り合いっていうか、前から頼まれていたのよ。とにかく安全なところに身を隠したいんだって」

しかし、殺人鬼の身代わりが殺し屋とは。

適材適所と言えるかもしれないが、別の悪党を救うことになる。忠雄は躊躇せずにいられなかった。

「だけど、殺し屋に手を貸すっていうのはちょっと……」

「あら、どうして？」

「そいつも本当なら、罪に問われるべきなんだろ」

刑務所に入ることにはなっても、それは別人としてである。しかも、あと十年も経たず自由の身になるのだ。

「山代さんって、ホントにマジメなのね」

からかう口調で言われ、忠雄は眉をひそめた。

「そりゃ、司法に携わる身としては、正義を是としたいじゃないか」

「心配しなくても、その殺し屋はいいひとよ」

矛盾する発言を平然と口にされ、きょとんとなる。

「え、いいひと？」

「彼が殺したのは、権力を笠に着て人民を苦しめていた連中よ。だから公安に追われてるの」

美鈴が安心させるように頬を緩める。

「本物の悪人なら、向こうの公安はほっとくわ。正しいことをしたひとだから、やつらは躍起になって追いかけるんじゃない」

その見解の是非はともかく、彼女が認めるのであれば、本当に正しい人間なのだろう。

「わかった。じゃあ、そのひとを杉森そっくりにしてくれ」

「了解。さっそく連絡を取るわ。あ、あと、もうひとつ教えてほしいことがあるんだけど」

「なんだい？」

「この杉森って男の、ペニスのかたちと大きさよ」

露骨な質問に、忠雄は狼狽した。

「ど、どうしてそんなことを――」

「だって、女っ気のない刑務所で、どんな手を使ってでも欲望を解消したいやつはたくさんいるでしょ。そうなれば、狙われるのは若い受刑者じゃない。こいつって性格はクズだけど、見てくれはそこまで悪くないし、狙っているやつは絶対にいるはずよ」

「いや、だから？」

「そういうやつらは、お風呂場やトイレでこいつのペニスを観察しているの。文字通りの品定めね。なのに、そこが変わっていたら、一発で別人だってバレちゃうじゃない」

なるほどと思いかけ、忠雄はいやいやとかぶりを振った。いくらなんでも性器を見ただけで、他の人間だとわかるはずがない。

さりとて、相手かまわず欲望を遂げたいと熱望する人間の、観察眼がいかほどのものかは不明だ。

「さすがに杉森の性器のかたちまでは摑んでないよ」

忠雄が両手を挙げると、美鈴は「ま、いいわ」と引き下がった。杉森の顔写真をじっと見つめ、

「顔を見れば、どんなペニスかだいたいわかるからね」

またとんでもないことを言い放つ。

「え、そうなの？」

「正解率百パーとは言わないけど、九割以上は当たるわよ。ちなみに山代さんのペニスは——」

細めた目でじっと見つめられ、忠雄は焦って立ちあがった。

「じゃ、じゃあ、諸々準備が整ったら連絡してくれ」

急いでその場をあとにする。服を着ているのに丸裸にされた気分で、顔が熱く火照った。

4

大切な話があると、民事訴訟で世話になった判事から弁護士を通じて連絡をもらった。佐久間秀継は、仕事のあとで新宿に向かった。

指定されたのは、新宿駅東口からそう遠くない喫茶室だ。入り口に近いテーブルに見知った顔を見つけ、秀継は足を進めた。

「お待たせしました」

一礼すると、彼——山代判事が立ちあがる。

「いえいえ。こちらこそご足労願いまして、申し訳ありません」

挨拶を交わし、テーブルを挟んで向かい合う。ウエイトレスがやって来たので、秀継は紅茶を注文した。

腎臓が悪いため、リンやカリウム、タンパク質の摂取が制限されている。こういう場所では、それらの含有量が少ない紅茶を飲むことが多かった。もちろん、ミルクなどは入れない。

「おからだの調子はいかがですか？」

山代の問いかけに、秀継は「ええ、まあ」と曖昧に答えた。最初の質問がそれということは、かなり具合が悪いように映るのだろう。

秀継自身、鏡を見るたびに、己の容貌の衰え具合に嫌気がさす。肌がくすんでいる上に、シワやシミも多い。まだ四十路前だというのに、五十代かそれ以上としか思えない。これでは、大病を患っていると見られるのも当然である。

「民事裁判のときから、腎臓の具合がよくないような話をされていましたが……」

山代の問いかけに、秀継は首をかしげた。法廷でそんな話をした記憶がなかったからだ。

もっとも、あの頃は失意と苛立ちと喪失感で、感情が凄まじく荒れていた。無意識のうちに、自身の窮状を裁判官に訴えたかもしれない。

「そうですね。腎臓に限らず満身創痍というか、身も心もボロボロです」

自虐的に答えると、山代が「そうでしょうね」とうなずく。労(いたわ)りの表情を向けられ、不覚にも目頭が熱くなったのは、誰かに心を酌んでもらうことが、久しくなかったためだろうか。

「ところで、お話というのは?」

用件を訊ねると、山代が居住まいを正した。

「奥様の事件に関する一連の裁判で、佐久間さんにご納得いただけていないことは、私も重々承知しております。特に刑事裁判の判決は、奥様ばかりか、生まれてくるはずだったお子さんの命まで奪った被告人に対して、あまりに軽すぎると思います」

秀継は驚きを隠せなかった。民事と刑事で扱う訴訟は異なれど、自身が勤める裁判所の判決に異を唱えたのである。しかも、判事という身分でありながら。

「それはまあ、そうですが」

戸惑いつつも認めれば、山代が深く頭(こうべ)を垂れた。

「申し訳ありません。私たちも、正義が厳然と行使されるよう願っているのですが、法律や司法制度がまだ現実に追いついていないところがございまして」

謝罪され、かえって恐縮する。民事では杉森の動機がレイプ目的だったと認められたし、納得のいく判決を出してもらえたからだ。

「いえ、山代判事には感謝しているんです。私や妻の身になって、被告に説諭もしてくださいましたから。悪いのは犯罪者であって、裁く立場の方々に葛藤があることぐらい、私もわかっています」

秀継の執り成しに、山代は「ありがとうございます」と礼を述べた。

「そう言っていただけると、励みになります」

「あの、お話というのはそのことなんですか？」

確認すると、山代が首を横に振る。

「いいえ。実は佐久間さんにご提案というか、是非とも承諾していただきたいことがありまして」

「何でしょうか」

「私ども司法関係の有志で、犯罪被害者を救済する活動を行なっています。裁判で満足のいく結果が出せなかった、その責任を取るというわけではありませんが、関わった者として救いの手を被害者に差しのべるべきであると」

「はあ……」

「但し、あくまでも秘密裏の活動です。司法関係者が一方に利を与えるのは公平性に欠けると、非難されるのは確実ですから」

そうだろうなと、秀継も納得した。

「ところで、佐久間さんの腎臓は、もう限界に近いと聞きましたが」

「え、誰にですか？」

「佐久間さんの主治医にです。申し訳ありません。誰を救済するかということで、身辺を調査させていただきました」

司法関係者といえども、そこまでプライバシーに踏み込むことが許されるのか。疑問は生じたが、悪意があってのことではない。

「ええ。医者には移植をしない限り、透析しかないと言われています」

「その移植を、佐久間さんにお勧めしたいのです」

「え、そんなことが可能なんですか？」

秀継も透析をするぐらいならと移植を考えた。透析は肉体的にも精神的にも大変であると、親族にも患者がいたからわかっている。

けれど、移植は費用の問題がある。血縁者から譲られでもしない限り、簡単にドナーが見つかるとも思えなかった。移植を希望する人間は大勢いるのだから。

ところが、それを地裁判事という、人格身分ともに信頼できる人間が勧めているのである。

「可能です。もちろん、誰にでも移植ができるというものではありません。用意できる臓器には限りがありますので、今回は是非ともこの方にということで、佐久間さんを選ばせていただきました」

「どうして私なんでしょう」

「佐久間さんには、これからも闘っていただきたいからです」

真剣そのものという山代の表情に、秀継は思わず居住まいを正した。

「ご自身が悲しみや苦しみを抱えながらも、犯罪被害者や遺族のため、佐久間さんは改革の必要性を世の中に訴えていらっしゃいます。その姿勢は大変ご立派ですし、提言には私も賛成いたします。だからこそ、その闘いを今後も続けていただきたいのです」

「まあ、私も頑張りたいとは思いますが」

「そのためには、ご自身の健康が第一です。どうか私どもに、そのお手伝いをさせてください」

疑問や戸惑いはいくらもあった。

だいたい、臓器移植というデリケートな手術を、秘密裏に行なうことが許されるのか。海外なら臓器の闇取引がありそうだが、ここは日本なのである。しかも、司法関係者が糸を引いてだなんて。

また、そこまでしてもらう資格が自分にあるのかという思いもある。自分よりももっと病状が深刻で、生きるか死ぬかの瀬戸際にいるひともいそうなのに。

そんな迷いが消えたのは、次の山代の言葉がきっかけだった。

「奥様とお子さんの無念を晴らすためです。佐久間さん、私の提案を受け入れてください」

そのとき、なぜだか脳裏に、妻の最期の姿が浮かんだ。

(由実子……)

凄惨な有り様が、悲しみと怒りを同時に沸き立たせる。

腎移植を受ければ、健康を取り戻せる。愛する妻と、大切な我が子を奪ったあいつが、出所するのを迎えることだってできるのだ。

(そうすれば復讐も——)

悪魔のような殺人鬼に、生ぬるい罰しか与えられない司法など、当てにはならない。ならば、この手で最高の罰を与えてやればいい。

（そうだ。おれは生き続けなくちゃいけない）

山代が意図したのとは別の理由で、生命への執着心がふくれあがる。

本来与えられるはずだった罰に、役立たずの司法が力を貸してくれるというのも皮肉な話だ。それゆえに、移植を受け容れることへの抵抗が薄らぐ。

秀継の心は決まった。

「わかりました。こちらこそ、よろしくお願いいたします」

承諾すると、山代が安堵の面持ちを浮かべる。

「では、手術の日程が決まりましたら、追って連絡いたします。佐久間さん、世の中のために、これからも私たちと闘っていきましょう」

彼の言葉にうなずきながらも、秀継は憎き殺人者をどう始末しようか、そればかりを考えていた。

5

杉森和也が経験したことのない激痛に襲われたのは、夕食後であった。

「痛い痛い痛い」

雑居房でのたうち回っていると、同房の受刑者が刑務官を呼んでくれる。

「どうしたんだ？」

「知らねえよ。急に痛い痛いって喚きだして――」

「おい、どこが痛いんだ？」

刑務官に問われても、和也は答えられなかった。

どこがどうなのかなんてわからない。腹全体が引きちぎれるような猛烈な痛みに、冷静な判断など不可能。頭も働かなかった。

「ぐぅう、い、痛い、助けてくれ」

吐き気もする。生きるか死ぬかの瀬戸際にいるのだと悟った。

「これは腸捻転かもしれないぞ」

集まった刑務官のひとりが言った。

「だったら医務部へ」

「ここじゃ無理だ。場合によったら、手術が必要になる。兄貴が罹ったことがあるからわかるんだ」

「じゃあ救急車を」

「いや、タクシーのほうが早い。知り合いが近くで営業してるから、すぐに来てもらう。一刻も早く病院へ連れて行かないと、腸が腐ってしまうぞ」

物騒なことを言われ、和也は生きた心地がしなかった。このまま死んでしまうのかと、額と背中を脂汗が伝う。

「ほら、立って。行くぞ」

「ぐうううう、た、担架を」

「そんなものを持ってきてるヒマはない」

刑務官ふたりに左右から抱えられ、和也は雑居房を出た。緊急事態だからか、特に手続きもなく外へ連れ出される。

もっとも、痛みで意識が遠のきかけていた和也は、所内のどこをどう通って出たのか、さっぱりわからなかった。確かなのはタクシーの後部座席に押し込められたことと、

「おれが病院に連れて行く。診断が出たら連絡するから。ああ、いちおう手錠だけあずかるよ」

「わかった。じゃあ、これを」

「おい杉森、しっかりしろよ」

刑務官たちのそんなやりとり以外、記憶に残っていない。なぜなら、タクシー

が発車して間もなく、和也は気を失ったからである。

目覚めると、瞼を閉じていても眩しい強い光があった。

（……病院か？）

目を開きかけたものの、痛みを感じるほどの光が入り込む。和也は顔をしかめ、キツく瞼を閉じた。

腹の痛みは完全におさまっていた。ということは、無事に治療が終わったのだろうか。

（いや、待てよ）

和也は思い出した。刑務官のひとりが、手術するかもしれないと言ったことを。

さっきから照らしているこの光は、手術室のライトではないのか。医療ドラマでしか見たことがないが、おそらく間違いない。

周囲で器具がふれあうような、カチャカチャという音がする。手術が終わったのなら明かりが落とされるであろうし、すでに何かされたという感覚もない。

ということは、手術はこれからなのか。痛みが消えたのは、麻酔が効いているためかもしれない。

（おれ、腹を切られるのか？）

恐怖で身がすくむ。

妊婦に何度もナイフを突き立てたにもかかわらず、自身が切られるのは勘弁してもらいたかった。たとえ、治療のためであっても。

「杉森和也――」

名前を呼ばれ、ギョッとする。反射的に目を開けるなり、眩しさに「うう」と呻いてしまった。

それでも目を閉じなかったのは、その人物を確認するためだった。何となく、医者だとは思えなかったのだ。

逆光の中、ふたつの影が浮かぶ。顔は見えないが、手術着やキャップを身にまとっているようだ。

そして、体格の違いからして、男と女のようである。

「杉森和也」

もう一度名が呼ばれる。男の声だ。

「お前は被害者である佐久間由実子を、彼女の自宅にてレイプ目的で襲った。その際、抵抗されたことに逆上し、彼女を殺害した。しかも、過度な刺傷で苦痛を与えるという残忍な方法で。さらに、彼女のお腹に宿っていた生命（いのち）まで、意図的に奪ったのだ。まさに鬼畜の所業であり、断じて許すわけにはいかない。司法の名において、厳罰を与えるものである」

滔々（とうとう）と述べられたことは、事実そのままであった。しかし、到底受け容れられなかった。

「ちょ、ちょっと待て。おれはちゃんと裁かれて、罪を償っている最中なんだ。一事不再理も知らねえのかよ」

「もちろん知っている。お前の罰が軽すぎることもな。たかが十三年の懲役など、何の償いにもならない」

そのとき、天井の明かりがわずかに弱まる。顎（あご）まで隠れるマスクをした男の目が見えた。

「てめえは――」

鋭い眼光に見覚えがあった。民事訴訟の裁判官だ。

「判決。被告人を最高刑に処す。お前の臓器をもって社会に償え」

宣告に続いて、横にいた女が光るものを手にする。メスだ。

「お、おい、臓器って」

「腎臓と脾臓と肝臓と小腸と肺と眼球。あと、ついでに皮膚もいただくわ。もちろん心臓も」

淀みなく、しかも愉快そうに言ったのは女だった。そうすると、こいつが手術をするのか。

「心臓って——それじゃ、おれはどうなるんだよ⁉」

「頑張れば生きられるんじゃない？」

ふざけた返答に、頭に血が昇る。

「ふざけるな、クソがッ」

このときは恐怖よりも怒りが大きかった。和也はふたりをぶっ飛ばすべく、すぐさま起きあがろうとした。ところが、からだがピクリとも動かない。

というより、手足の感覚がなかった。

「抵抗しても無駄よ。まあ、特別な筋弛緩剤と麻酔を使っているから動けないだろうけど。だいたい、手術中に動かれたら困るもの」

「やめろ。おい、冗談だろ？」

「冗談で、こんな大がかりなことをすると思う？　あ、そうだ、いいことを教えてあげる。からだは動かなくても感覚は残してあるから。お腹を切られたらちゃんとわかるはずよ。ちょっと痛いかもしれないけどね」

この女は正気とは思えない。そもそも、医者の資格があるのかも疑問だ。

「おれは、お前らのお医者さんごっこに付き合ってるヒマはねえんだよ」

「あら、ごっことは失礼ね。本当の手術だってこと、わからせてあげるわ」

腹部に触れるものがある。医療用の手袋をはめた手のようだ。

(そこまでわかるってことは、マジで神経は死んでねえのか?)

全身に悪寒が走った次の瞬間、冷たいものが皮膚を貫く感覚があった。それも、強烈な痛みを伴って。

「うああ、あ、がぁあああああっ!」

悲鳴がほとばしる。貫いたものが、腹の前面を大きく切り裂くのまで、はっきりわかったのだ。

「ば、馬鹿野郎っ、い、痛いっ、やめっ、や、やめろ」

痛みそのものは、夕食後に感じたあれほどではない。しかし、腹を切られたという恐怖と絶望で、和也はパニックに陥った。

そして、からだを動かせないために、脳だけが著しい混乱に陥る。

（嘘だよな。こんなの、嘘だよな……）

必死で現実逃避をしても、腹の中を探られる感覚で現実に引き戻される。あまりのことに神経が馬鹿になったのか、痛み以上にその部分がやたらと熱く、ジンジンと痺れた。

「わかるか？　今、お前の小腸を取ったところだ」

男が言う。丸っきり他人事（ひとごと）という口調で。

「うん。健康そのものの小腸だわ。心は不健康だけど」

女のからかう発言にも腹が立つ。しかし、その腹を裂かれているのだ。

「と、取るな……戻せ」

喉がゼイゼイと鳴り、声も出しづらくなってきた。

「あら、そんなことできないわ。はい。これが脾臓ね」

本当に、腹の中のものをあらかた奪うつもりらしい。

「頼むよ……やめてくれ……おれが悪かった……こ、殺さないで」

視界がぼやける。涙が溢れているのだ。このまま死ぬのかという恐怖で、全身が震える心地がした。

「命乞いか」

男が顔を覗き込んでくる。冷たい視線が、心の奥まで射貫くようだった。

「佐久間由実子も、お前に頼んだはずだ。やめてくれと。そのとき、お前はどうしたんだ？」

目に絶望の光を湛えた妊婦を思い出すなり、和也は勃起した。あの甘美なひときを思い返すだけで、条件反射的に肉体が反応するのだ。

「へえ、こんなときでも昂奮するのね」

女の声に、男の目がそちらへ向けられる。眉間に刻まれたシワが、不快感をあらわにしていた。

「まったく、最低なやつだな」

侮蔑の言葉に、和也は開き直った。もはや恐怖も痛みもなく、反発心だけがエネルギーとなる。

「うるせえ。おれはそういう人間だよ。殺しが大好きなんだ。殺すことで昂奮するんだ。血まみれになったあの女が、赤ん坊を殺されたと知って絶望したときの顔に、おれは最高の喜びを感じたんだ」

全身が熱い。まだまだ生きてやると肉体が鼓舞しているかのよう。ペニスが雄々しく脈打つのもわかる。

もっともそれは、命の灯火が消える前の、最後の輝きだったのか。

「だが、お前らだっておれと同じじゃないか。おれを殺すことに昂奮しているんだろ。ざまあみろって、おれを見下げているんだろうが」

「見下げている、か。まあ、憐れんでいるのは確かだな」

「ほら見ろ。その女も、おれのからだをいじくり回して愉しんでいるんだ。殺すことを面白がってるんだ。この猟奇趣味の変態女め」

そのとき、女の視線がこちらにチラッと向けられる。しかし、彼女は黙々と手元の作業を続けた。

「それは違うな。彼女は立派な医者だ。よって、お前を殺すことはない」

男が告げる。その声は、地の底から響くみたいに重々しかった。

「お前を地獄に堕とすのは、この私だ」

男の手が、顔の真上に掲げられる。握られていたやけにきらめくものは、鋭くて長い針だった。

「お、おい、やめろ」

涙が引っ込むほどの恐怖がぶり返す。男が本気だとわかったからだ。光を持たない、獣の目をしていた。

針の先端が眉間に当てられる。チクッとわずかな痛みが走っただけで、意味もなく呼吸が荒くなった。

男のもう一方の手には、木槌が握られていた。外国映画の法廷シーンで、裁判官がそれで机上の丸い台を叩くのを見た記憶がある。

つまり、この針を頭にぶっ刺すというのか。

「ほ、本当におれを殺すつもりなのか？」

「そうだ」

「お前、民事の裁判官だろ。こんなことして、ゆ、許されると思ってるのか」

「今の私は、東京地裁民事部とは関係ない。東京ゼロ地裁の裁判官だ」

理解不能なことを言われても、今まさに殺されようとしているのだ。それどころではない。

「裁判官だったら、被告人の言うことも聞くべきだろう。そもそもおれは――」

「言いたいことがあるのなら、地獄の閻魔に申し開きをしろ」

木槌が振り下ろされる。キーンとした痛みが貫き、針が脳の中心まで達したと思った直後、すべては無に帰した。

6

摘出した臓器は専用のケースにしまわれ、すべて修一郎が運び出した。移植を希望する患者が待つ、病院へ運ばれるのである。

「佐久間さんの執刀は、美鈴先生がするんだね」

手術着を脱ぎながら忠雄が確認すると、美人女医が「ええ」とうなずいた。

「向こうはまだ準備中だと思うし、ここを片付けてから行くつもりよ。無理言って手術室を空けてもらったから」

そう言って、クスッと笑う。

「まあ、向こうはわたしに借りがあるから、嫌だとは言えないんだけどね」

移植手術の場所は、大学病院の手術室だと聞いている。美鈴とどんな関係なのか気になったものの、余計なことを知るのは精神衛生上よくない。ただでさえ、いろいろな秘密を抱え込んでいる身なのだから。

「間に合うのかい？」

「腎臓は二十四時間もつから、余裕があるわ。他のはそうはいかないけど。心臓は四時間がせいぜいだし」

美鈴が周囲を見回す。

「この場所でやるのが手っ取り早いんだけど、設備的にちょっとね」

ここはゼロ地裁の、法廷の隣にある手術室である。

北野倫華の整形も、地下にあるこの部屋で行なった。だが、臓器移植となると設備や薬品など、かなりのものが必要になるらしい。

移植手術には設備以外にも、様々な手続きが必要になる。出所の不明な臓器を受け容れる医療機関などない。

しかし、あくまでも表向きの話だ。

美鈴が裏のルートで打診し、すべての臓器は行き先が決まっていた。提供者が慢性的に不足しているこの国で、届く日時のはっきりしている新鮮な臓器は、神からの贈り物にも等しいのである。

手術台の上には、ただの骸と成り果てた杉森和也がいる。開かれた腹は空洞で、腿や二の腕の皮膚も剝がされた、無残な有り様の。

それを一瞥し、忠雄はつぶやくように言った。

「こんなやつの臓器でも、他人の命を救えるんだな。まあ、臓器以外には価値のない男だが」

「お金にもなるわよ。肝臓と小腸は、フィリピンの金持ちのところに届けられるから。チャーター機が羽田で待機しているはずだし」

「そうか……」

「臓器の代金はどうする？　それこそ民事の賠償金ぐらいならお釣りが出るけど。もちろん、わたしのぶんをもらったあとで」

手術代やその他諸費用は、そちらから出すことになっていた。さらに大金が残るのであれば、杉森が払うはずだった賠償金に充(あ)てるべきなのか。

しかし、そこまでしたら、さすがに佐久間から不審がられる。臓器移植手術を受けられたばかりか、賠償金まで肩代わりされてしまっては。

「とりあえず、相応しい使い道が見つかるまで取っておこう」

「賠償金は？　こいつにはもう払えないのよ」

「佐久間さんは、杉森に払わせようなんて思っていないよ」

「どうして？」

「殺すつもりだからさ」

美鈴が驚いて目を見開く。

「え、本当に？」

「ああ」

忠雄はうなずき、美鈴に説明した。

「移植手術を持ちかけたとき、最初は迷っていたのに、あとですんなり受け容れたんだ。あれは、元気になれば杉森の出所を待って、復讐できると考えたからなんだ。目の輝きでわかったよ。間違いない」

「なるほどね……」

「だから、身代わり役が出所したら、すぐに手を打たないとまずいんだ。そのときは、また美鈴先生にお願いしたいんだけど」

依頼されて、彼女は「もちろん」とうなずいた。

「もともとそのつもりだったしね。佐久間さんが狙っていようがいまいが、いつまでも杉森のままってわけにはいかないし」

「たしかに」

「身代わりのあのひとは、また別人に整形するとして、杉森は自動車事故に遭って車が丸焦げになるか、アパートが火事になって焼死体が見つかるか、どっちかにしようと思ってたの」

それなら手術跡もわからないし、あとは歯科記録かＤＮＡで本人だと特定できるであろう。

「そういうわけだから、この死体は冷凍保存しておいて。そのときには豚の内臓でも詰め込んどけば、中身がすっからかんだったなんてバレないだろうし」

「ああ、うん」

焼けてしまえば、死亡時刻もわからないはずだ。そもそも事故ということになれば、検死してまで詳しく調べまい。

「使い道がなければ、こんな死体は穴に捨ててもよかったんだけどね」

美鈴がいう穴とは、手術室の隣にある死体置き場の脇に、ぽっかりと空いた深い縦穴のことだ。人工的なものではなさそうだが、直径は二メートル弱、深さは数百メートルと推定される。

そこにはこれまでも、処分した犯罪者の死体だけでなく、証拠品や書類の類いが捨てられてきた。今日の手術で出た医療廃棄物も、その穴に投げ込まれる予定である。

「だけど、復讐するために臓器移植を決断するなんて、佐久間さんってかなり思い詰めていたのね」

「うん。そのおかげで生きる気力が湧いたんだから、助かったところもあるんだけど」

さりとて、このままでいいはずはない。

「出所まで時間があるから、そのあいだに落ち着いて考えられるようになってほしいけどね。復讐心だけが生きるエネルギーになったら、出所した杉森が事故死ってなったときに、抜け殻みたいになるかもしれないし」

「難しいところよね。でも、そのあたりは山代さんの手腕次第じゃない？　今後も佐久間さんと付き合うつもりなんでしょ？」

美鈴の問いかけに、忠雄は「うん、まあ」とうなずいた。

「彼の活動をサポートしてあげたいからね。私だけじゃ難しいから、谷地君にも手伝ってもらって」

「だったら大丈夫。山代さんや修一郎君がそばについててあげれば、彼も人間らしい心を取り戻すわよ」

そうであってほしいと、忠雄は胸の内で願った。

「ていうか、いっそ本当のことを言ってあげればよかったんじゃない？」

「え、本当のことって？」

「杉森を亡き者にして、その腎臓を移植するって」

さすがに忠雄は顔をしかめた。

「そんなことは無理だよ。私たちが杉森を処刑するって教えるようなものなんだから」

「じゃあ、杉森は殺さないけど、腎臓だけ提供させることにしたとか」

「納得させるのが難しいし、そもそも佐久間さんは杉森の腎臓なんか受け取らない。そのぐらいなら死を選ぶよ」

「どうして？」

「奥さんを殺した憎い男の臓器をもらうなんて、敵に屈服するようなものだからさ。体内に入れるのを穢らわしいとすら感じるだろうね」

「つまり、わたしはこれから、本人の意に沿わない移植手術をするわけね」

美鈴はどこか不満げだ。彼女にも倫理観があって、それに反することはしたくないのだろう。

「ただ、こういう考え方もできる。心の汚れきった杉森が、死後に唯一できる役割が、佐久間さんが長生きできるよう、彼の血液を綺麗にし続けることだと。少なくとも、杉森への刑罰としては、これ以上はないものだと思う」

忠雄の言葉に、美鈴は少し考えてから、「そうね」と微笑を浮かべた。

「臓器による贖罪か。なかなかいいじゃない。そこまで深く考えてるなんて、山代さんってやっぱりいいひとね」

「そんなことないさ……」

「ただ、杉森をあの世に送ったときの顔は、ものすごく怖かったけど」

その点には、あまり触れてほしくなかったので、忠雄は押し黙った。美鈴もそれ以上は何も言わなかった。

杉森の骸が、遺体袋にしまわれる。

「これ、ちゃんと冷凍庫のほうに片付けておいてね。あのひとの出所が決まったら解凍して、準備しなくちゃいけないし」

「わかった」

「じゃあ、わたしは先に出るわね。手のかかる手術の前に、ちょっと休憩したいから」

「うん。今日は本当にありがとう」

忠雄が礼を述べると、立ち去りかけた美鈴が足を止めて振り返る。

「山代さん、大丈夫なの？」

「え、何が？」

「いくらクソみたいな悪人だとしても、誰かの命を奪って平気でいられるようなひとじゃないでしょ」

心配そうな面差しに、忠雄はぎこちなく口許をほころばせた。

「平気だよ。これが初めてってわけじゃないし」

「だからこそよ。自分を偽ってこんなことを重ねると、そのうち神経をやられちゃうわよ」

忠雄自身、そんなことは百も承知だった。前任者が引退したのも、最高刑を含む制裁執行に疲れ果てたせいだと聞いている。

しかし、必要とされる以上、誰かがやらねばならない。

「うん……そうならないように気をつけるよ」

「くれぐれも無理しないでね」

優しい言葉に、瞼の裏が熱くなる。気を張っていたものだから、情に触れて涙腺が緩んだのか。

「ありがとう」

お礼の声もかすかに震える。すると、美鈴が何かを思い出したみたいに、両手をパチンと合わせた。

「あ、そうそう。わたしの見立てどおりだったわ」

「え、何が？」

「杉森のペニス。言ったでしょ、顔を見ればだいたいわかるって」

美鈴が思わせぶりにふふんと笑ったものだから、忠雄は反射的に股間を両手でおさえた。そこがまる出しになっていたわけでもないのに。

「じゃ、あとはよろしくね」

ヒールの音も高らかに手術室を出て行く美女を、忠雄は茫然と見送った。

7

佐久間秀継への腎臓移植は成功した。合併症もなく、手術後二週間で退院できたのだから、やはり美鈴の腕は確かであった。

「杉森の身代わりは、どんな様子かな？」

ゼロ地裁の会議室。情報交換のために三人が集まると、忠雄が口火を切った。

「順調です」

藤太が答える。

「口数は少なくなりましたが、杉森はもともと寡黙（かもく）なほうでしたからね。べらべら喋ったのは、おだて役の受刑者がすり寄ったときだけでしたし。そうそう、そいつは故郷に近い刑務所に移送してやったので、喜んでましたよ」

「じゃあ、刑務所内で怪しんでいる人間はいないわけだね」

「ええ、まったく。身代わりのあいつも手先が器用で、杉森がやっていた作業も、問題なくこなしていますから。あと、異国の人間のわりに、日本語も達者ですし」

刑務所のほうは問題なさそうで、忠雄は安堵した。

「それにしても、美鈴先生の手術には舌を巻きますなあ。最初に杉森と身代わりを交換したとき、どっちがどっちなのかと混乱しかけましたから」

「あのときはおれも驚きました」

藤太の述懐に、修一郎も同意する。あの日、腹痛に襲われた杉森を連れ出したのが藤太で、タクシーの運転手を演じたのが修一郎だったのだ。

ちなみに、杉森の腹痛の原因は、美鈴にもらった薬である。藤太がやつの夕食に混ぜたのだ。

「顔の整形だけじゃなくて、美鈴先生は身代わり役のからだの、あちこちにメスを入れたらしいからね」

言ってから、忠雄は眉をひそめた。杉森の臓器を摘出したあと、去り際の美鈴が見せた得意げな微笑を思い出したからだ。

「からだにもですか？　そんな跡はどこにも見当たりませんでしたが」

「まあ、目に付かないところを切ったんだろう。ところで、佐久間さんは？」

忠雄が話題を逸らすと、修一郎が答えた。

「元気です。術後だとは思えないぐらいに。顔つきも肌の感じも元に戻って、生まれ変わったみたいです」

「だからって、無理をしてもいいってわけじゃないんだが」

「ええ。そのあたりは、本人もわかっているでしょう。あと、健康になって自信がついたのか、誹謗中傷も弁護士に相談して、余裕を持った対応ができるようになりましたし」

忠雄もたまに佐久間と連絡を取り、様子を窺っている。概ね修一郎が報告したとおりだ。移植手術に関しても他言無用を守り、経緯を明かさずにいる。

「それから、以前はあったピリピリしたところが薄らいで、性格が穏やかになった気がします」

修一郎の見解に、忠雄は「そうかい？」と前のめりになった。

「実は、杉森の両親が、佐久間さんに賠償金の一部を持ってきたんです。もちろん彼は受け取りを拒んだんですけど、決して撥ねつけるという態度ではなく、むしろ杉森の両親を気遣っていました」

そのとき、佐久間はこう言った。

『お気持ちは大変ありがたいのですが、このお金を受け取るわけにはいきません。我が子の犯した罪を償いたいお気持ちはわかります。けれど、おふたりも被害者のようなものです。立場はわたしと変わりません。償うべきなのは、罪を犯した本人です』

さらに、お金は自分たちのために使ってほしいとまで、杉森の両親に告げたのである。

執行官という立場で同席した修一郎は、佐久間の変化を感じ取った。

かつての彼は、周囲がすべて敵であるかのごとく振る舞っていた。裁判の結果は望んだものではなく、誹謗中傷まで受けたのだ。肉体的にも弱りきり、気持ちが荒んでいたのだろう。

ところが、今や本当の敵はただひとりと見定めたふうである。おかげで、他に優しくできる余裕を取り戻したらしかった。

「要は、杉森への復讐をあきらめていないってことか」

「ええ。それが生きる原動力になっている部分も見られます」

「ま、心配しなくても大丈夫ですよ」

藤太がにこやかに言う。

「復讐したい気持ちとか、個人的な恨みとか、そういうのを長く持ち続けるのは大変だし、疲れるんです。で、あるときふと、馬鹿らしくなるんです。どうして自分は、あんなやつのために神経を割いていたんだろう。なんてくだらないことに、無駄な時間を費やしていたんだろうってね」

「そういうものかね？」

忠雄の問いかけに、ひとのいい刑務官が「はい」と返答する。

「私自身もそうだったから、わかるんです。殺したいほど憎んだやつなんて、片手では足りません」

今の穏やかな性格からは想像もつかない。忠雄も修一郎も唖然として藤太を見つめた。

「まして、佐久間さんは杉森の両親に、思いやりのある言葉をかけたというじゃありませんか。他に優しくできるというのは、いい傾向です。いずれ間違いなく、復讐なんて馬鹿らしいと考えるようになりますよ」

きっぱりと断言され、忠雄もそうだなと思い直した。

「うん。私もそんな気がしてきた。谷地君、これからも佐久間さんに手を貸して、彼の活動を支えてくれ。犯罪被害者の救済が進めば、彼ももっと前向きになれるはずだから」

「わかりました」

「では、今日はここまで――」

忠雄が情報交換を終えかけたとき、藤太が右手を挙げる。

「あ、すみません。もうひとつだけ」

「ん、何かあるのかい？」

「東京拘置所の刑務官仲間に聞いたんですが、どうも不穏な行動を取る弁護士がいるらしいんです」

「え、弁護士？」

「例のやつです。刑事裁判で杉森を弁護した」

これに、忠雄も修一郎も眉間のシワを深くする。やつのとんでもない弁護で、杉森の動機がおままごとみたいに扱われたからだ。

「あいつがまた何かやってるのか？」

「死刑囚に再審請求の弁護をすると持ちかけて、面会しまくっているんです。まあ、あるべき権利を行使するのに文句は言いませんけど、やつは明らかに罪を犯している連中まで、無罪にしようと目論んでいるみたいなんです」

「え、どうしてそんなことを？」

疑問をあらわにした修一郎に、忠雄は顔をしかめた。

「決まってるさ。やつは死刑廃止論者だろ。死刑判決の誤りを指摘して、死刑そのものをなくすべきだって方向に世論を誘導したいのさ」

「そういうことか……」

「刑務官仲間も、きっとそうだろうと言ってました。やつはかなり強引なようで、証拠の捏造も辞さないぐらいの勢いだったようです」

藤太の報告に、修一郎が「何だって!?」と気色ばむ。忠雄もテーブルをバンと叩いた。

「私だって、司法制度が完璧だとは思っていないし、正直、茶番としか思えない裁判だってある。だが、己の主義主張を押しつけるために、先人が苦労して導き出した判決まで愚弄するのは、断じて許せない」

珍しく怒りをあらわにした忠雄に、藤太も修一郎も姿勢を正した。

「立花さん、やつが拘置所で何をしているのか、できるだけ多くの情報を集めてくれ」

「わかりました」

「谷地君も、やつに関する話を耳に入れたら、どんな小さなことでもかまわない。私にすべて教えてくれ」

「承知しました」

そのとき、忠雄の腕時計がアラームを鳴らす。

「わわわ、ま、まずい」

飛びあがらんばかりに焦りまくる彼に、他のふたりの目が点になる。

「どうかなさったんですか？」

藤太の問いかけに、忠雄はテーブルの鞄を引っ摑むと、

「今日は、下の子が初めて晩ご飯のおかずを作るから、早く帰るように言われてたんだ！」

言い残し、急ぎ足で会議室を飛び出す彼の顔は、ゼロ地裁の裁判長ではなく、子煩悩（こぼんのう）な父親になっていた。

食卓に並んだお皿の上には、いびつなかたちのハンバーグ。

「たくさん食べてね」

母親そっくりの口調で言う末娘——阿由美の顔には、努力の証である脂の跡。おそらく肉ダネをこねた手でこすったのであろう。

いささかあきれ顔の姉——真菜美は、それでも妹の努力を貶したりしない。年は離れていても、仲のいい姉妹なのである。

ただ、味は期待できないとわかっているのか、デミグラスソースをたっぷりとかけた。

「よく頑張ったね、いただきます」

愛娘を褒めてから、忠雄はハンバーグをひと口頬張り、

「うん、おいし——」

言いかけて言葉に詰まる。中心部分にしっかり火が通っていないのがわかったからである。

「ず、ずいぶん絶妙な焼き加減だね」

笑顔を引きつらせて告げると、阿由美は得意げに胸を反らした。

「パパはレアが好きでしょ？　ちゃんと好みにあわせたんだよ」

前に家族でステーキ屋に行ったとき、外側以外はまだ赤い肉に目を丸くした彼女に、パパはこういうのが好きなんだと説明したのである。それから、レアという焼き加減の名称も。

「そぉかあ。ちゃんと憶えててくれたんだね。ありがとう」

ステーキとハンバーグは違う。塊（かたまり）の肉ならともかく、ミンチは腹を下す菌が肉全体に混じる可能性があるのだ。

などと、こんな場でいちいち説明できるはずがない。まして、

「うん、美味しいわ」

「へえ、初めてのわりに上出来じゃない」

と、妻も長女も褒めている前では。何よりも、娘のがっかりする顔を見たくなかった。

（まあ、外側を焼いたんなら、中の菌は死んでるだろ）

そう思いつつ咀嚼（そしゃく）すれば、生のタマネギがシャリッと音を立てる。忠雄は不安に苛まれた。

そのとき、点けっぱなしだったテレビが、裁判のニュースを伝える。世を震撼（しんかん）

させた殺人事件の初公判が行なわれたのだ。

「あ、ここって、パパがおつとめしてるところだよね」

テロップの東京地裁という文字に、阿由美が反応する。習っていない漢字でも、父親に関するものはちゃんと知っているのだ。

「まあ、パパがこんなふうにテレビに出ることは、絶対にないけどね」

開廷前の法廷が映し出された画面に目を向けたまま、真菜美が厭味(いやみ)っぽく言う。そこには裁判長の氏名も出ていたのである。

「え、どうして?」

阿由美が首をかしげる。

「ちんけな民事裁判しか担当しないからよ」

相変わらず父親の仕事に手厳しい真菜美は、ミステリー好きゆえに、事件の報道に釘づけである。

(こんな猟奇的な事件、真菜美には興味を持ってほしくないんだが)

事件はフィクション限定にしてほしいと、親としては願わずにいられない。現実は生々しく、つらくて悲しいことが多いのだから。

「パパのお仕事ってちんけなの?」

言葉の意味を理解していないであろう次女が、愛らしく小首を傾げる。

「いや、そんなことは――」

「あのね、ちんけでも、アユミはパパのこと応援してるよ」

嬉しい言葉に、目頭が熱くなる。年のせいか、涙もろくなっているようだ。

「ありがとう。阿由美は優しいね」

長女に当てつけるように言うと、冷たい流し目が向けられる。けれど、すぐにまたテレビに戻った。

「ねえ、パパ」

阿由美がやけに甘えた声で呼びかける。

「ん、なんだい？」

「あのね、アユミ、ほしいものがあるんだけど」

そのとき、味噌汁の椀に口をつけた妻の初美の肩が、小刻みに震えていることに気がつく。真菜美もこちらをチラ見して、愉快そうに頰を緩めていた。

（てことは、最初からおねだり目的で、ハンバーグをこしらえたっていうのか？）

明らかに妻と長女の入れ知恵だ。パパを応援しているなんて健気な台詞も、果たして本心からなのか。

女性上位の家族に翻弄される父親に、鬼のごとく厳しいゼロ地裁裁判長の面影はない。泣き笑いの顔で、

「何がほしいの？」

と、可愛い娘に訊ねるのであった。

双葉文庫

お-45-02

東京ゼロ地裁(とうきょうゼロちさい)
執行(しっこう) 1

2023年9月16日　第1刷発行

【著者】
小倉日向(おぐらひなた)

【発行者】
島野浩二
【発行所】
株式会社双葉社
〒162-8540 東京都新宿区東五軒町3番28号
［電話］03-5261-4818(営業部)　03-6388-9819(編集部)
www.futabasha.co.jp(双葉社の書籍・コミックが買えます)
【印刷所】
中央精版印刷株式会社
【製本所】
中央精版印刷株式会社

【フォーマット・デザイン】
日下潤一

ISBN978-4-575-52691-2 C0193
Printed in Japan